KB080244

때론
버텨야만 하는
날들이 있다

때론
버텨야만 하는
날들이 있다

정태현 소설

미래
책들

He jests at scars that never felt a wound.

William Shakespeare, *Romeo and Juliet*

한 번도 상처를 입어보지 않은 자가 남의 흉터를 조롱하는 법이다.

윌리엄 셰익스피어, 『로미오와 줄리엣』

차례

하루의 무게   9

바닥의 인간   14

어느 초여름 날의 농담   19

행복을 버리는 일   23

시험 대상자   27

마음속 별명   33

무풍지대   37

대장염 선배   41

운수 좋은 날   47

천국으로 가는 길   52

사이보그는 점차 모든 것이 허구처럼 느껴졌다   58

마음의 병   65

뒤늦은 후회   76

텔레비전 세상   82

가장 슬픈 작별 인사   87

뒷담화를 하는 이유 94

모난 돌이 정 맞는다 103

사람은 애처롭고도 우스운 존재 110

장마와 산책 117

관상과 환경 128

나약한 사람의 충고 138

먹방 시대 143

죽음과 행복 149

마지막 투약 156

욕망의 형태 160

익숙한 곳으로부터 떠나는 슬픔 166

새롭게 얻은 삶 174

나비 179

작가의 말 188

하루의 무게

    인간 세상이란 실로 살기 힘든 곳이다. 사는 게 참 고달 프다 하소연할 때면 사람들은 안타까운 얼굴로 내게 이렇 게 말했다. 누구에게나 좋은 사람이 되고자 줏대 없이 살 아서도 안 되지만 자기 신념대로만 살고자 해도 결국 사회 로부터 고립되기 마련이다, 그러니 적당히 균형을 지키며 살아갈 줄 알아야 한다고.

    틀린 말은 아니었지만 내게는 별 도움이 되지 못하는 이야기였다. 마음에 와닿지도 않았다. 나는 이미 외줄에서 떨어져 있었다. 누구에게도 좋은 사람이라 할 수 없었지만 이미 나 자신을 잃어버린 지 오래였고, 사회로부터 고립되 었지만 더는 신념을 지키며 살고 있다는 생각도 들지 않았다. 그건 아무래도 상관없었다. 내가 알고 싶은 건 어떻게 살아야 하는지가 아니라 어떻게 하면 이 지옥 같은 세상에서 벗어나 오롯이 혼자 있을 수 있냐는 것이다. 어디 그런 곳 없을까?

"있지, 세상으로부터 벗어나 홀로 조용히 지낼 수 있는 곳. 그곳에 가면 하루 대부분의 시간을 자유롭게 보낼 수 있을 뿐만 아니라 밥도 주고 잠도 재워주는 데다가 돈까지 준다니까. 바쁘게 의사 생활을 하다 보면 부러울 때조차 있을 정도야."

술잔을 기울이던 의사 친구가 말했다. 그러고는 불콰해진 얼굴을 잔뜩 찌푸린 채 의사 생활이 힘들어 죽겠다며 푸념을 늘어놓기 시작했다.

"근데 그 신약 임상시험이란 거 말이야……."

그저 바쁜 의사 생활에 대한 불만을 토로하려고 별 뜻 없이 꺼냈던 임상시험 이야기에 내가 관심을 보이자 의사 친구는 적잖이 당황했다.

"아, 아니야. 그냥 해본 말이야. 그런 건 되도록 하지 않는 게 좋지. 오랜 시간을 바깥세상과 완전히 단절된 채 지내야 하고 부작용도 없다고 할 수 없으니 말이야."

그 말을 듣고 생각했다. 다들 주어진 조건 속에서 크고 작은 시련을 겪으며 살아가는 게 인생이다. 그런 의미에서는 인생을 살아가는 것 자체가 곧 하나의 시험이다. 그러니 임상시험이라고 해서 더 두려워할 필요가 있을까. 나는 의사 친구가 말하는 임상시험의 부작용이 크게 와닿지 않았다. 아무러면 지금처럼 인생을 살아가며 겪는 부작용보다 나쁠 수는 없을 거란 생각이었다.

나는 망가진 사람이었다. 내 책을 표절한 언론사와의 길고 긴 싸움 이후 내 삶은 완전히 바뀌었다. 앞으로 힘들어질 거라는 그들의 말처럼 다시는 그 일이 있기 전의 평범한 삶으로 돌아갈 수 없었다. 강연이나 원고 청탁 등 작가로서 할 수 있는 일이 모두 끊겼고, 얼마 전까지만 해도 함께 웃으며 일하던 사람들이 내게서 등을 돌렸다.

세상을 살아가면서 원망할 대상이 있다는 건 너무도 불행한 일이었다. 예전 같으면 모두 내 탓이라 여기며 자책하고 말았을 사소한 일조차 원망하는 마음이 달라붙어 좀처럼 떨쳐낼 수 없었고, 결국에는 세상 사람 모두가 위선자로만 보여 어느 누구도 믿지 못하는 지경에까지 이르렀다. 마지막까지 내 옆을 지켜주던 사람들마저도 그런 내게 실망해서 하나둘 떠나갈 때면 '거봐라, 내 말이 맞지 않았느냐. 역시나 세상에는 믿을 사람 하나 없다'며 마치 그럴 줄 알았다는 듯 냉소를 띠었지만, 한편으로는 가슴이 무너지는 듯한 아픔을 느꼈다.

나 자신이 잘못되었다는 것은 나도 알고 있었다. 하지만 이 모든 일이 나로부터 시작된 것이 아니었기에 내가 할 수 있는 일은 아무것도 없다고 생각했다. 그저 원망하고 원망할 뿐이었다. 그런 원망의 마음이 나를 파멸로 이끈다는 것 역시 알고 있었다. 그럼에도 나는 좀처럼 원망의 마음을 떨쳐낼 수 없었다. 그 원망의 마음을 가혹한 현실로부터 나를 지켜주고 이해해주는 소중한 존재로도 여기고 있었기 때문이었다.

"듣기에는 편한 것 같지만 시험 대상자들에게 들어보면 그렇지도 않다는 거야. 육체적으로는 힘들지 않지만 정신적으로는 꽤 힘이 든다고 하더라고. 사회와 격리된 채 좁은 공간에 갇혀 지내는 것이 생각보다 힘든 일인가 봐. 뭐라 하지, 그거? 으음, 고립. 그래, 고립된 기분."

'고립'은 의사 친구가 나를 시험에 들지 않게 하기 위해 부정적인 의미라 생각하고서 고심 끝에 선택했을 단어였을 테지만, 그는 망가진 사람에게 고립만큼이나 매력적으로 느껴지는 단어도 없다는 사실을 알지 못했다. 의사 친구는 불안하고 걱정스러운 얼굴로 계속해서 임상시험에 대한 부정적인 이야기를 늘어놓았지만 그럴수록 나는 더욱 기쁜 얼굴이 되어갔다. 혹시나 누군가가 우리의 이야기를 엿듣고 있었다면 마치 우스꽝스러운 희극 한 편을 보고 있다고 생각했을 것이다.

자기 자신을 위험으로부터 보호하고 현재보다 나은 삶으로 이끌려는 것이 인간의 본성이다. 하지만 망가진 인간은 그와 반대로 틈만 나면 자신을 파괴할 기회만을 찾는다. 임상시험이 내게 더할 나위 없는 좋은 기회로 보였던 건 어쩌면 당연한 일이었다.

바닥의 인간

다음 날 인터넷으로 모집 중인 임상시험을 찾아보았다. 세상에 극도로 염증을 느끼고 있던 나는 가능한 한 오래 떠나 있고 싶었다. 한 달 동안 입원하는 장기 임상시험이 눈에 들어왔다. 모집 공고에 나와 있는 임상시험 중 가장 오랫동안 입원하는 시험이었다. 또 가장 오래 걸리는 만큼 돈도 가장 많이 주었다.

'허, 이 부조리한 세상에도 이토록 공정한 곳이 아직 남아 있었구나.'

세상이 이미 썩을 대로 썩어 더는 공정이란 게 존재하지 않을 거라 생각했던 나는 깜짝 놀랐다. 하지만 마냥 놀라고 있을 수만은 없었다. 혹시라도 접수 순서에 밀려 좋은 기회를 놓칠세라 곧장 병원에 전화해서 임상시험에 참가하고 싶다고 말했다.

"임상시험에 참가해보신 적은 있으신가요?"

수화기 너머로 병원 직원이 물었다.

"아니요, 처음입니다."

"처음이시라고요? 이번 임상시험에 참가하시면 한 달간 입원해야 하고요, 그동안 외출과 면회는 일체 허용되지 않아요."

"알겠습니다."

나는 펀펀히 놀고먹는다는 소리를 듣지 않을 만큼만 간간이 일용직 일을 나가고 있을 뿐 마땅히 하는 일이 없었다.

"제 말은 한 달간 병원 밖으로 못 나간다고요. 아시겠어요? 가족이나 친구가 찾아와도 면회가 안 되고요. 일단 입원하게 되면 한 달 동안은 병원을 나갈 수도, 사람을 만날 수도 없어요. 정말 이해하셨어요?"

"네, 이해했습니다."

내가 잠시의 망설임도 없이 너무도 쉽게 알겠다고 말하자 병원 직원은 자기가 한 말이 제대로 전달되지 않았다고 생각했는지 다시 한번 똑같은 내용을 천천히, 그리고 명확히 반복해서 말했다.

"네, 이해했다고요. 잘 알았다고요."

이기고 지고의 문제는 아니었으나 왠지 나를 우습게 보는 듯한 느낌을 받아 직원보다 더욱 명확한 목소리로 말했다. 당시 나는 사람들이 나를 우습게 생각한다는 피해망상 비슷한 것에 빠져 있었다.

"네, 그렇다면……."

나의 굳은 의지를 확인한 직원은 그제야 이번 임상시험으로 얼마를 받게 되고 어떤 과정을 거치는지 간략하게 알려준 뒤, 지금 당장 결정할 필요는 없으니 가족과 잘 상의해본 후에 다시 연락을 달라고 했다.

그날 저녁, 일을 마치고 돌아온 아내에게 조심스럽게 임상시험 이야기를 꺼냈다.

"거기 가면 하루 종일 아무 방해도 받지 않고 하고 싶은 일을 하며 지낼 수 있대. 글쓰기에 딱 좋은 환경이지 않아? 다시 글을 쓸 수 있는 계기가 될 것도 같고, 돈도 꽤 준다던데? 그 돈이라면 병원에서 나온 뒤로 당분간 다른 일을 하지 않고서 오로지 글 쓰는 일에만 집중할 수 있을 것 같고……."

말을 끝내고서 물끄러미 아내를 바라보았다.

"다시 글을 쓸 수 있는 계기가 될 것 같다면 해야지. 작가라면 다양한 경험을 해볼수록 좋은 거잖아. 당신 뜻대로 해. 난 괜찮아."

아내는 반대하지 않았다. 아내는 내가 망가진 것도, 명색이 작가인 내가 그 일 뒤로 한 줄도 쓰지 못한 채 긴 슬럼프에 빠져 있다는 것도 잘 알고 있었다. 무엇보다 지금 반대한다 한들 결국은 내가 그곳으로 떠나리라는 것 역시 알고 있었다.

"고마워. 이번에 돈 받으면 오랜만에 당신 선물 사줘야겠다. 뭐 사줄까? 갖고 싶은 거 있으면 말해봐."

나는 오랜만에 손에 쥐게 될 목돈을 떠올리며 얼굴에 환한 웃음을 띠고서 말했다. 늘 우울한 채로 지내던 내게 실로 오랜만에 찾아온 웃음이었다. 나란 사람은 이처럼 한심한 인간이었다. 오로지 내 생각만 할 뿐이었다.

내 눈이 어두웠던 것일까, 아니면 세상이 어두웠던 것일까. 나는 지금도 알 수 없다. 지금 와서 누구 탓인지를 따지는 건 아무 의미 없는 일인지도 모르겠다. 당시 나는 나를 벗어난 일은 어떤 것도 보지 못했다. 인간의 눈은 바깥세상만 볼 수 있도록 설계되어 있다. 하지만 내 눈은 누군가가 몰래 파내어 반대로 박아놓은 것만 같았다. 그 뒤로 내가 볼 수 있는 건 오직 흉물스러운 나 자신뿐이었으며, 나를 벗어난 세상은 전혀 볼 수 없었다. 벽에 부딪치고 돌부리에 걸려 넘어질 때마다 세상은 보이지 않는 고난의 장애물로 꽉 막혀 있다며 혼자 울분에 찬 목소리로 외쳐댈 뿐이었다.

자기 자신밖에 모르는 이기적인 사람을 위해 그에게도 그럴 만한 사정이 있었다며 변명해주고 싶은 마음은 추호도 없다. 당시의 못난 나를 만난다면 호통을 쳐주고 싶은 마음뿐이다. 너는 어찌도 그리 주변 사람을 힘들게 하느냐고. 그리고 이기적인 사람이라 해서 그가 꼭 행복한 사람은 아니라는 사실을 분명히 말해두고 싶다. 이기적인 사람이 되었다는 건 너무도 가슴 아픈 불행한 일이다.

아내의 심정을 헤아리지 못하고 혹시라도 반대하면 어떡하나 걱정만 하던 나는 아내의 허락을 얻자마자 곧바로 병원에 전화를 걸어 기쁜 목소리로 임상시험에 참가하겠다고 알렸다. 병원 직원은 이틀 뒤 임상시험에 참가하기에 적합한 건강 상태인지를 검사하기 위해 시행하는 건강검진을 받으러 병원으로 방문하라고 했다.

어느 초여름 날의 농담

사람의 마음이란 어찌 이리도 간사한 것일까.

병원에 방문해서 건강검진을 받고 왔다. 검사 결과가 나오기 전에는 심각한 병이라도 발견되는 건 아닐까 걱정에 시달렸다. 건강검진을 받은 지 꽤 오랜 시간이 지났기 때문이었다. 그런데 임상시험에 참가할 수 있을 만큼 건강하다는 통보를 듣고 난 뒤부터는 이번 임상시험에서 혹시 부작용이 생기지는 않을까 걱정되기 시작했다.

걱정이란 대체 어떤 녀석일까? 하나의 걱정이 사라지면 안도의 한숨을 내쉬기도 전에 또 다른 걱정이 생겼다. 걱정이라는 것은 언젠가는 사라지는 것일까? 없애려고 노력할수록 오히려 더 커지는 건 아닐까? 그렇다면 추구하며 살아야 하는 삶은 어떤 삶일까? 눈앞에 계속해서 나타나는 걱정거리를 없애기 위해 현실적인 노력을 기울이는 삶을 살아야 하는 것일까? 아니면 어차피 걱정거리는 끝없는 것이니 걱정하는 마음, 번뇌로부터 벗어나 해탈하려는 정신적인 노력을 기울이는 삶을 살아야 하는 것일까?

나는 모르겠다. 하지만 한 가지 확실한 것은 걱정된다고 해서 인터넷 검색에 너무 의존해서는 안 된다는 것이다. 사람들은 인터넷을 두고서 흔히 '정보의 바다'라고 말하지만 나는 '죽음의 바다' 쪽에 더 가깝다고 생각한다. 인터넷에서는 무엇을 물어봐도 결론이 죽음에 이르기 때문이다. 인터넷에 따르면, 밥을 먹어도 죽고 안 먹어도 죽는다. 운동을 해도 죽고 안 해도 죽는다. 숨을 쉬어도 죽고 안 쉬어도 죽는다. 하물며 임상시험이라 해서 다를쏘냐. 임상시험에 참가했다가 죽은 사람 역시 꽤 되었다. 약을 먹자마자 몸의 구멍이란 구멍마다 피를 왈칵 쏟아내며 즉사한 사람도 있었고, 피부가 서서히 썩어 들어가 오랜 시간 고통받다 죽은 사람도 있었다.

죽음의 바다에서 건져진 도시 괴담 수준의 믿기 힘든 죽음들을 접하자 온몸에 힘이 다 빠져버려 노트북을 덮고서 바닥에 발랑 누워버렸다. 하얀 천장에서 방금 인터넷에서

본 온갖 형태로 죽음을 맞이하는 나의 모습이 어른거렸다.

두려운 마음 끝에 웃음이 터져 나왔다. 그토록 공들여 쓴 책도, 작가로서의 기회도 다 빼앗긴 터라 더는 잃을 게 없다고 생각했다. 하지만 이런 식으로 몸을 빼앗길 수도 있을 거란 생각은 미처 해보지 못했다. 다시 생각해보니 내게는 아직 잃을 게 많이 남아 있었다. 지나친 비관에 빠진 나머지 내가 아직 가진 것들을 망각하며 지내왔다는 반성도 했지만, 그와 동시에 바닥이라고 생각했던 현재 상황이 실은 바닥이 아니라 더 내려갈 곳이 있다는 두려운 생각도 함께 찾아왔다.

걱정과 두려움이 반복되는 하루하루가 지나고 마침내 입원하는 날이 되었다. 전날 밤 미리 짐을 싸서 현관 앞에 놓아둔 캐리어를 들었다. 캐리어를 들기 전까지는 잠시 여행을 떠나는 것이라는 농담 같은 생각도 했다. 하지만 막상 캐리어를 들자 여행 짐이라기에는 묵직한 무게에 비로소 여행을 떠나는 것이 아니라 병원에 간다는 사실이 실감 났다. 때로는 이처럼 겉으로 보이는 모습이 아니라 무게가 존재를 규명하기도 하는 것이다.

캐리어 안에는 한 달간 병원에서 생활하며 지낼 물건이 들어 있다. 무게의 상당 부분을 차지하는 건 책, 모두 열다섯 권의 책을 가져간다. 글을 쓰기 위해 노트북과 필요한 일상용품도 챙겼다. 무거운 한숨을 한 번 내쉬고, 방금 내뱉은 한숨만큼이나 무거운 캐리어를 끌고서 마침내 집을 나섰다.

'지금이라도 병원에 연락해서 취소한다고 할까?'

발걸음을 옮길 때마다 후회스러운 생각이 드는 게 마치 누군가 뒤에서 잡아당기는 것만 같았다. 점차 느려지던 발걸음은 결국 오피스텔 건물을 나서는 순간 멈춰 섰다.

너무도 완벽한 날씨였다. 따뜻한 태양과 물감을 풀어놓은 듯한 파란 하늘, 산들산들 불어오는 시원한 바람에 나도 모르게 미소가 지어졌다.

'너무 걱정할 필요 없어. 이토록 완벽한 날씨에 나쁜 일이 일어날 리 없지. 그나저나 올해는 이 좋은 계절을 병원에서 지내느라 오롯이 즐기지 못하겠구나. 병원에서 나올 때쯤이면 한여름이 되어 있겠지.'

5월 말, 눈부시도록 화창한 날씨가 나의 걱정을 농담처럼 덮어버렸다.

행복을 버리는 일

　병원은 도심 한가운데 있었다. 거리에는 바쁘게 오고 가는 사람들로 도시 특유의 생기를 느낄 수 있었다. 팔짱을 끼고 정답게 걸어가는 젊은 연인들을 보니 내 몸속에도 생기가 돋아나는 듯했다.

　하지만 병원 정문을 들어서자마자 그런 생기는 이내 사라져버렸다. 팔이 부러진 사람, 다리가 잘린 사람, 머리가 깨진 사람, 죽은 사람처럼 창백한 얼굴로 누워 있는 사람, 혼자 힘으로는 걸을 수조차 없어 보이는 사람 들로 북적이는 가운데 쉴 새 없이 응급실로 달려오는 구급차들을 보니 모든 게 잿빛으로 보였다. 특히나 머리가 파랗게 깎인 채 병에 지친 듯 얼굴에 생기를 잃은 아이를 보았을 때는 유리 조각과 같은 날카롭고도 투명한 아픔이 그대로 가슴에 날아와 박힌 것만 같았다. 가슴을 움켜쥐고서 빠른 걸음으로 그곳을 벗어났다.

병원 건물을 지나자 장례식장이 나왔다. 유족인 듯한 사람들이 상심에 젖은 얼굴로 담배를 피우거나 울음을 터뜨리며 자리에 주저앉아 있었다. 나는 치밀어 오르는 화를 주체할 수 없었다. 나를 불행 속에 가둬두려는 사람들에게 더는 상처를 받지 않기 위해 마음속에 높은 담을 쌓아두고 있었다. 세상에 눈과 귀를 닫고서 오로지 나 자신만 생각하며 이기적으로 살겠다고 결심했다. 그것만이 내가 행복할 수 있는 유일한 길이라고 생각했다. 하지만 이토록 마음이 약해서야, 이처럼 세상이 내 힘으로는 막을 수 없는 슬픔으로 가득 차 있어서야 나는 결코 행복해질 수 없었다.

장례식장을 지나 임상시험 센터로 향하는 길에는 사람이 없었다. 길을 따라 늘어선 커다란 나무들이 세상의 소음을 막아주고 있었다. 간간이 새소리만 들릴 뿐 한적한 거리를 걸어 올라가자 점차 분노가 잦아들었고, 그 자리에는 대신 슬픔이 밀려 들어왔다. 문득 의문이 들었다. 사람들이 말하는 행복이란 어쩌면 타인의 아픔을 외면한 채 그런 건 존재하지 않는다며 자신을 속이는 일에 불과한 것은 아닐까?

싯다르타는 브라만의 아들로서 누릴 수 있는 부귀와 명예를 버리고서 진리를 찾기 위해 고행의 길을 떠났다. 싯다르타처럼 행복하길 바라는 마음을 버려야 진리를 향해 다가갈 수 있다. 하지만 나는 그걸 알고서도 도저히 싯다르타와 같은 용기를 낼 수 없었다. 나는 그만 싯다르타와 헤어질 수밖에 없었다. 싯다르타는 진리의 길을 찾아 떠났고, 나는 임상시험 센터에 도착했다.

임상시험 센터 건물 안으로 들어가 접수 창구를 찾았다.

"임상시험 입원하러 오셨나요?"

직원이 물었다. 그렇다고 대답하자 직원은 입원 절차가 적힌 안내문을 건네주었다.

나는 안내문에 적힌 순서대로 입원 절차를 진행했다. 먼저 신발을 벗어 신발장에 넣고 슬리퍼로 바꿔 신고서 탈의실에 들어갔다. 탈의실 사방 벽면에는 철제 캐비닛이 빽빽하게 세워져 있었다. 내게 배정된 53번 캐비닛을 찾아 열었다. 반듯하게 접힌 환자복과 파란 플라스틱 바구니 하나가 놓여 있었다. 환자복으로 갈아입고서 캐리어에서 물건들을 꺼내 바구니에 옮겨 담은 뒤 입구 반대쪽에 있는 출구로 향했다.

　그때 안내문 맨 밑에 '퇴원하기 전까지는 탈의실로 돌아올 수 없으니 입원 중에 쓸 물건들을 잘 챙겼는지 꼭 확인할 것'이라고 적힌 주의 사항을 보고 괜스레 불안해진 나는 다시 캐비닛으로 돌아가 혹시라도 두고 온 것이 없는지 다시 한번 살폈다. 한 달 동안 이곳에 있어야 했다. 아무리 주의를 기울여도 나쁠 게 없었다. 또 한번 확인을 하고 나서 출구 문을 열었다. 그 순간 환한 빛이 쏟아졌다. 절로 눈이 감겼다.

시험 대상자

빛에 적응되어 감았던 눈을 천천히 떠보았다. 하얗고 환한 공간 속의 복도를 걸어 다니는 시험 대상자들이 보였다. 자세히 보니 시험 대상자들은 파란색, 빨간색, 초록색 등 제각기 다른 색깔의 바지를 입고 있었다. 짐작하기에 투약하는 약에 따라 색깔이 다른 바지를 입혀 시험 대상자를 구분하는 것 같았다. 나는 보라색 바지였다. 다른 건 바지 색깔만이 아니었다. 어떤 사람은 콧줄을 매달고 있었고, 어떤 사람은 몸에 전선을 주렁주렁 매달고 있었다. 낯선 환경에 어쩔 줄 몰라 하며 그 자리에 멀뚱멀뚱 서 있던 나를 보고 간호사가 다가왔다.

"새로 오셨나요?"

"네, 방금 전에……."

"이름이?"

이름을 말하자 간호사는 손에 든 차트를 보더니 6번 연구 병실의 53번 시험 대상자라고 알려주었다.

간호사의 안내를 받아 병실로 들어갔다. 병실 안은 쓸쓸하리만큼 조용했다. 내가 맨 먼저 도착한 건지 아직 아무도 오지 않은 듯했다.

침대에 걸터앉아 앞으로 한 달간 머물 병실을 천천히 둘러보았다. 병실은 여기 오기 전 생각했던 것과 달랐다. 몇 해 전 뇌졸중으로 쓰러지신 아버지를 간병하느라 오랜 시간을 병원에서 머문 적이 있었다. 환자들을 비롯해서 낡고 비좁은 병실 안을 드나들던 많은 사람들의 슬픔과 비관의 분위기란……

하지만 이곳은 전혀 그렇지 않았다. 병실은 크고 깨끗한 데다가 침대 간격도 넓었다. 침대는 새것인 듯 근사했고 눈부시도록 새하얀 이불에서는 기분 좋은 향이 났다. 밝고 청결한 환경에 절로 기분이 들떴다. 이토록 좋은 환경이라면 얼마든지 지낼 만하겠다는 생각이 들었다.

병실 창문 밖으로 새파란 하늘과 커다란 나무 한 그루가 보였다.

"저…… 간호사님, 혹시 창가 쪽으로 자리를 옮길 수 있을까요?"

내게 배정된 자리는 창가에서 두 번째 자리였다.

"안 돼요."

간호사는 조금도 망설이지 않고서 단호한 목소리로 말했다. 창가 자리가 너무도 탐이 났기에 간호사가 조금이라도 망설이는 기색을 보이면 용기를 내어 애교라도 부려볼 생각이었다. 하지만 간호사의 대답이 워낙 단호했기에 애교는커녕 다시 물어볼 엄두조차 나지 않았다.

실망하고 있던 그때 55번 시험 대상자가 도착했다. 마치 자로 잰 듯한 5 대 5 가르마 머리에 검은 뿔테 안경을 쓴 사내다. 삼십 대 초반으로 보였다.

"안녕하세요?"

인사를 건넸으나 55번은 시큰둥한 표정으로 고개를 한 번 가볍게 끄덕이는 것으로 인사를 대신했다.

그로부터 한 시간이 지나 52번 시험 대상자가 도착했다. 최소 마흔 중반으로 보였다. 나는 52번에게도 공손히 인사를 건넸지만 그는 아예 들은 척도 하지 않았다.

입원 제한 시간이 훌쩍 지났지만 51번과 54번 시험 대상자는 오지 않았다. 나는 54번이 오지 않길 마음속으로

기도했다. 54번이 오지 않는다면 내가 원하는 창가 자리로 옮길 수 있을지도 모를 일이었다. 하지만 소망과 달리 51번과 54번은 거의 동시에 입원했다.

54번은 창가 자리인 걸 확인하고는 못마땅한 얼굴로 "에이, 창가 자리네. 간호사님, 창가 자리 춥지 않아요?"라고 복에 겨운 소리를 해댔다. 그 말에 나는 "간호사님, 그럼 제가 54번 대신……." 하고 한 번 더 말해보았다.

"안 돼요. 제가 아까 안 된다고 했잖아요. 정말 왜 그러세요?"

내가 말을 마치기도 전에 간호사는 신경질적인 표정까지 지어 보이며 말했다.

'이런, 첫날부터 찍히고 말았구나.'

내 옆 창가 자리를 쓰게 된 54번은 평소 운동을 꽤 열심히 하는지 팔이 대단히 두꺼운 사내였다. 나는 54번에게도 인사를 건넸으나 그 역시 인사를 받지 않았다. 이쯤 되자 이곳에서는 처음 만난 사람에게 인사를 건네는 것이 오히려 이상한 일인 것만 같았다. 그러고 보니 나 말고는 누구도 서로 인사를 나누지 않았다.

54번과 함께 도착한 51번은 중학생이라 해도 믿을 정도로 어려 보였다. 찹쌀떡처럼 희고 포동포동한 얼굴에 복숭

아처럼 발갛게 상기된 볼, 그리고 약간의 사시가 있어 딴 곳을 쳐다보는 듯한 모습이 마치 어린아이처럼 귀여웠다. 아무 말 없이 침대에 앉아 있는 다른 시험 대상자들과 달리 51번은 얼굴에 환한 웃음을 띠고서 간호사와 친근하게 이야기를 주고받았다. 대화 내용을 들어보니 전에도 여러 번 임상시험에 참가한 모양이었다.

"자, 앞으로 여러분은 한 달간 이곳에서 생활하게 될 거예요. 그동안 지켜주셔야 할 사항을 알려드릴게요."

간호사가 안내 사항을 하나씩 알려줄 때마다 51번은 정말 어린아이처럼 "에이, 나는 다 아는 거네. 히히." 하고 자랑하듯 말했다.

"네, 맞아요. 다 아시는 거죠? 그래도 오늘 처음 오셔서 잘 모르는 분도 계시니까 지루하더라도 조금만 참고 들어주세요. 알겠죠?"

간호사는 말하는 도중에 계속 장난을 치며 말을 방해하는 51번을 잘 달래면서 앞으로 한 달간 있을 투약 스케줄을 꼼꼼하게 알려주었다.

"약은 이틀 후부터 아침 식사 전에 복용할 거예요. 투약은 51번부터 시작해서 51번이 아무 이상 없으면 2분 지난 뒤에 52번이, 또 2분 뒤에 53번이 약을 먹는 식으로 2분

간격을 두고서 55번까지 실시할 거예요."

2분 간격을 두고서 투약하는 이유는 혹시 일어날지 모를 갑작스러운 부작용에 대처하기 위함이었다.

생각해보니 51번은 정말 운이 나빴다. 창가에서 가장 먼 복도 쪽 자리인 데다 어떤 부작용이 있을지도 모를 약까지 가장 먼저 먹어야 했다. 그런데도 그걸 아는지 모르는지 여전히 사시 눈을 한 채 해맑게 웃고 있는 51번을 보니 공연히 마음이 아파왔다.

마음속 별명

병원에서의 첫날 밤이 지났다.

아침 식사를 하고 병실로 돌아오자 간호사가 시험 대상자들에게 상의를 걷어 올린 채 침대에 누워달라고 했다. 배를 까고서 침대에 누워 있자 간호사가 다가와 가슴 여기저기에 전극을 부착하고 그 전극들과 전선으로 연결된 손바닥만 한 기계를 목에 걸어주었다. 간호사에게 물어보자 몸 상태를 기록하는 기계로, 앞으로 이 기계를 부착하는 48시간 동안은 샤워를 하지 못한다고 했다.

다음으로는 팔에 카테터를 꽂아 피를 뽑았다. 하루에 열한 번씩, 이틀 동안 스물두 번의 채혈이 예정되어 있다. 매번 주삿바늘을 놓을 필요 없이 카테터 구멍에 시험관을 꽂기만 하면 피가 쭉쭉 빠져나갔다. 아프지는 않았지만 투명한 시험관에 붉은 피가 차오르는 모습을 바라보고 있자니 마치 나 자신이 젖소가 된 것만 같은 우울한 기분이 들어 피를 빼 가는 동안 딴 곳을 쳐다보았다.

채혈이 끝난 뒤 자유 시간이 주어졌다. 침대에 앉아 가져온 책을 읽었다. 책을 읽다 잠시 쉴 때면 다른 사람들은 무엇을 하는지 살펴보았다.

귀여운 얼굴의 51번 시험 대상자는 자고 있었다. 깨어 있을 때는 늘 밝은 얼굴이었는데 잘 때는 잔뜩 인상을 쓰고 있었다. 무서운 꿈이라도 꾸는가 싶어 안쓰러웠다. 그 모습이 꼭 어린아이 같아서 앞으로 51번은 '귀염둥이 어린이'라고 부르기로 했다.

나이가 가장 많아 보이는 52번 시험 대상자는 입원한 순간부터 지금까지 침대를 떠나지 않고서 종일 게임만 했다. 어제는 소등 이후로도 밤늦게까지 게임을 했다. 내가 어제 잠을 설친 건 단지 낯선 곳에 와 잠자리가 바뀌었기 때문만은 아니었다. 노트북 팬이 돌아가는 소리와 딸깍거리는 마우스 클릭 소리만으로도 수면에 상당히 방해가 되었는데 거기에다 혼잣말까지 중얼거렸던 것이다. 이제 게임이 시작됐다느니, 적이 쳐들어왔다느니, 방금 게임이 끝났다느니, 결국 지고 말았다느니 하면서 아무도 궁금해하지 않는 게임 상황을 실시간으로 중계했다.

소등 이후로는 노트북 사용을 좀 자제해달라고 부탁해볼까 생각도 해봤지만 그만두기로 했다. 의사와 간호사에게 늘 반말을 해대고 화도 자주 내는 그가 나 따위가 부탁한다고 해서 들어줄 것 같지 않았다. 내가 미소녀라면 또 모를까.

52번은 미소녀를 참 좋아했다. 그가 쓰는 노트북에는 수영복을 입은 미소녀 스티커가 덕지덕지 붙어 있었고, 바탕화면에는 란제리 차림의 미소녀 화보가 깔려 있었다. 마우스 패드에도 미소녀가 그려져 있었는데 볼록 튀어나온 손목 받침대 부분이 얼마나 손때가 탔는지 시꺼멨다. 딱 미소녀의 가슴 부분이라 피식 웃음이 나왔다. 좋든 싫든 이 사람과 한 달간 옆에 붙어 지내야 했다. 섣불리 말을 걸었다가 혹시라도 심기를 건드린다면 골치만 더 아플 터였다. 불편하더라도 꾹 참고 지내는 게 상책이라고 생각했다. 내가 할 수 있는 소소한 복수라고는 52번에게 '두꺼비 아저씨'라는 별로 듣기 좋지 않은 별명을 붙여주는 일밖에 없었다.

54번 시험 대상자는 환자복을 입지 않고 입원할 때 가

져온 민소매 티를 입었다. 혈압 측정이 제대로 되지 않을
만큼 굵은 팔뚝을 은근히 과시하려는 심산인 듯했다. 하
지만 어떤 부분은 우람한 팔뚝과 어울리지 않았는데, 옆
으로 길게 쭉 째진 눈과 양쪽 입꼬리 끝에 삐쭉 자라난 이
방 수염이 그랬다. 이런 상반된 모습을 종합적으로 고려
해서 고심 끝에 54번에게는 '근육 이방'이라는 별명을 붙
여주었다.

55번 시험 대상자는 스마트폰으로 인터넷 강의를 듣거
나 책을 펴놓고 공부를 하며 시간을 보냈다. 공무원 시험
을 준비하는 것 같았다. 그 외에는 별다른 특징을 찾을 수
없어 55번은 그저 '공시생'이라 부르기로 했다.

모두에게 마음속으로 부를 별명을 붙이는 일을 끝내자
역시나 사람을 번호로 생각할 때보다 확실히 낫다는 생각
이 들었다.

무풍지대

답답한 마음에 산책도 할 겸 병실을 나섰다. 산책이라고는 했지만 병원 바깥으로 나갈 수는 없다. 한 달 동안 내가 갈 수 있는 곳은 내가 지내는 6번 연구 병실, H 모양의 복도, 그리고 휴게실뿐이다. 복도는 끝에서 끝까지 오십 걸음 거리로, 한쪽 끝은 시멘트 벽이고 다른 한쪽 끝은 유리로 된 자동문이다. 의사와 간호사는 지문을 찍고서 자동문을 통해 자유롭게 드나들 수 있었지만 시험 대상자의 지문으로는 문이 열리지 않았다. 내게는 열리지 않는 세상의 벽에 다다라 유리문 밖 사람들을 바라볼 때면 마치 나 자신이 실험용 쥐처럼 느껴졌다. 갈 수 있는 공간이 조금 더 좁아지더라도 다시는 이곳 근처로 오고 싶지 않았다.

휴게실로 가서 창가에 앉았다. 본격적인 여름을 앞두고서 잔뜩 푸르러진 나무가 바람에 심하게 흔들리고 있었다. 무풍지대인 이곳과 달리 바깥세상에는 바람이 많이 불고 있었다. 창문을 활짝 열어 창밖의 나무처럼 온몸으로 바람을 느끼고 싶었으나 절대 열지 말라는 경고 문구와 함께 창문은 굳게 닫혀 있었다. 아쉬웠지만 창가에 앉아 바깥 풍경을 바라보는 것만으로도 답답하던 마음이 한결 가벼워졌다. 햇빛은 바람과 달리 거침없이 창을 통해 달려 들어오고 있었다. 몸 위로 내려앉는 따뜻한 햇살을 느끼며 이어폰으로 밝은 음악을 들으면서 기분 좋게 책을 읽었다. 책을 읽다 글이 눈에 들어오지 않을 때면 머리를 식힐 겸 자리에서 일어나 아무 생각 없이 이리저리 걸었다.

그러던 중에 노트 한 권을 발견했다. 앞면에 커다란 글씨로 '잡기장'이라 쓰여 있고, 그 밑에는 '병원에서 생활하는 중 건의 사항을 적어주세요'라는 문구가 적혀 있었다.

잡기장을 펴보았다.

첫 장에는 식사가 맛이 없다는 둥 너무 춥고 불편하다는 둥 간호사가 불친절하다는 둥 온갖 불평불만이 적혀 있었고, 각각의 불평불만에는 댓글이 여럿 달려 있었다. 식사가 맛없다는 불평에는 "이 정도면 훌륭하지, 너는 밖에서 얼마나 좋은 음식을 먹고 지냈길래 불평이냐?"라는 댓글이, 춥고 불편하다는 불평에는 "헐, 무슨 소리? 오히려 덥다. 그리고 여기가 무슨 호텔인 줄 아나 보지?"라는 댓글이 달려 있었다. 그 외에도 서로 싸우지 말라며 화해를 권유하는 댓글도, 전혀 엉뚱한 소리를 적어둔 댓글도 있었다.

계속해서 페이지를 넘겨보았다. 대체 무엇을 그린 건지 알 수 없을 정도로 형편없는 그림도 있었고, 화가가 그렸다고 해도 믿을 만큼 훌륭한 그림도 있었다.

또 한 페이지를 넘기니 자신의 감상을 적어놓은 글이 있었다.

―대학교 2학년 때부터 참가한 임상시험. 첫 병원은 다른 곳이었지만 그 이후로는 쭉 이 병원에서 하고 있는 듯. 지금은 대학교 5학년이 되어 상반기 취업 준비 중. 제발 취업해서 다시는 입원하지 않도록 해주세요. 제발요!

―처음으로 왔다 갑니다. 새로운 경험이고, 돈도 잘 받아 가겠습니다. 근데 초음파 할 때 진짜 부끄럽네요. 너무 창피해서 눈을 뜰 수가 없었습니다. 이제 내일이면 집으로 떠나는데 밤마다 바깥 음식이 떠올라 도저히 잠을 잘 수 없었어요. 이곳에 왔다 가신 분들, 저처럼 허덕이는 삶을 피하고자 하시는 분들, 모두의 앞길이 안녕하시길 바

랍니다.

이곳에 와서 아직까지 시험 대상자들이 서로 이야기를 나누는 모습을 보지 못했다. 혼자인 채 지내는 것을 좋아하는 사람들이라 그런 것이려니 생각했다. 그런데 잡기장을 보니 이제야 알 것 같았다. 다들 말을 안 할 뿐이지 실은 사람을 그리워하고 있다는 것을.

누군들 그렇지 않을까. 외로운 세상, 그저 외로운 세상일 뿐이다.

대장염 선배

휴게실 책장에는 꽤 많은 만화책이 비치되어 있었다. 최신 작품도 있고 상태도 좋길래 오랜만에 만화책이나 읽어 볼까 하며 살펴보고 있을 때였다.

"AB-SG130이시죠? 대장염, 대장염 맞죠?"

머리를 밝게 염색한 이십 대 중반의 남자가 다가와 반가운 목소리로 말을 걸어왔다.

"네……."

AB-SG130은 내가 투약받을 신약 이름이다. 하이픈 앞 AB는 제약회사 이름이고, 하이픈 뒤 SG130은 약물 이름이다.

"역시 대장염 맞구나! 반가워요. 저도 AB-SG130, 같은 대장염이에요. 환자복 색깔이 같은 걸 보고 너무 반가워서……. 저는 9일 먼저 시작한 사람이에요."

그는 마치 타지에서 동향 사람을 만나기라도 한 것처럼 무척 반가워했다.

그도 그럴 것이, 여기서는 투약받는 약물이 그 사람을 규정했다. 모든 시험 대상자의 손목에는 파란 밴드가 채워져 있다. 간호사는 내게 밴드를 채워주면서 혹시 의사나 다른 간호사가 나에 대해 물어보면 손목에 차고 있는 밴드를 보여주면 된다고 했다. 밴드에는 내가 투약받는 약 이름과 투약 날짜, 그리고 QR코드가 적혀 있었다. 사회에서 나를 규정하던 이름, 나이, 생일, 학력, 고향 같은 건 일절 적혀 있지 않았다.

내가 참가한 신약 임상시험은 9일 간격을 두고 두 그룹으로 나눠 진행되고 있었다. 나보다 앞서 들어온 그는 이번에 새로 들어온 대장염 시험 대상자인 나를 보고 꽤 반가웠던 모양이었다. 아무리 그래도 그렇지, 처음 만난 사람에게 다짜고짜 '대장염'이라 부르는 건……. 기분이 상했지만 나보다 9일이나 먼저 들어온 사람에게 대놓고 언짢은 기색을 보일 수는 없었다. 대신 나는 그를 '대장염 선배'라고 부르기로 했다.

대장염 선배는 다른 시험 대상자들과 달리 붙임성이 좋았다.

"저는 말하는 걸 원체 좋아해서요. 그런데 여기서는 다들 서로 이야기를 하려고 하지 않아서 얼마나 답답한지 몰라요. 오랜 시간 갇혀 지내야 하는데 서로 친하게 지내면서 수다도 떨고 하면 얼마나 좋아요. 안 그래요?"

"그러게요. 더구나 바깥에도 나가지 못하는데……."

나는 쓸쓸한 표정으로 창밖을 바라보며 말했다.

"그러니까요, 제 말이. 아 참, 그거 아세요? 저기, 우리 맞은편 건물 보이시죠? 저기가 가망 없는 중환자들이 있는 건물이래요. 에구, 불쌍하기도 하지. 저기요, 걱정들 마세요. 우리가 댁들을 위해 이렇게 열심이니까. 그러니까 힘들어도 조금만 참고 있으세요."

대장염 선배는 창가를 향해 작게 외치고는 나를 보고 한번 웃어 보였다.

이런 우연은 대체 누가 만드는 것일까? 죽어가는 사람들과 그들을 살리기 위해 신약을 투약받고 있는 사람들이 공교롭게도 서로 마주 보고 있었다. 이럴 때면 인생은 정말 누군가가 만든 연극이 아닐까 하는 의심마저 들었다.

"그나저나 내일부터 투약이시죠? 마음 단단히 먹어요.

제가 5년 동안 매년 한두 번씩 임상시험에 참가해온 사람이거든요. 그런데 이번처럼 약효가 강했던 적은 없었던 것 같아요. 약을 먹자마자 심장 박동이 급격하게 떨어져서 하루에도 몇 번이나 경고음이 울리더라고요. 의사 선생님 말로는 경고음이 1분 이상 지속될 때만 위험한 거라고 하던데, 그래도 불안하잖아요. 그뿐인가요? 온몸에 힘이 쫙 빠지고 컨디션도 너무 안 좋아졌어요. 제가 원래 밥 먹는 양이 많지 않은데 이러다 죽을지도 모르겠다는 생각이 들어서 억지로 밥을 다 먹고 있다니까요. 모르겠어요. 이번 약이 독한 건지, 아니면 이번 시험에 유독 채혈이 많아서 그런 건지. 우리에게 밥하고 반찬을 많이 주는 이유가 다 있다니까요. 그거 보셨죠? 특이 사항에 '밥과 반찬 많이'라고 적힌 거."

식사 시간이 되면 휴게실 앞에 커다란 배식차가 온다. 배식차 문을 열면 그 안에 시험 대상자들의 식사가 빼곡한데 아무 식판이나 들고 가서는 안 된다. 식판 위에 올려둔 종이에 적힌 이름을 보고서 자신의 식사를 찾아 가야 한다.

그런데 내 이름 옆에는 다른 시험 대상자들과 달리 특이 사항에 '밥과 반찬 많이'라고 적혀 있었다. 나는 그걸 보고 내가 많이 먹을 것처럼 생겨서 그렇게 적어둔 거라 여기고 부끄럽게 생각하고 있었다. 그렇다고 내가 많이 먹는 걸 부정하는 건 아니다. 많이 먹는 건 사실이다. 하지만 사람을 부끄럽게 만드는 건 거짓이 아니라 진실이다. 대장염 선배 말을 들으며 은근히 걱정도 되었지만 다른 한편으로는 내가 많이 먹을 것처럼 생겨서 '밥과 반찬 많이'라고 적은 게 아니었구나 안도했다.

"이번 약은 진짜 뭔가 있어요. 다른 분들은 두통도 심하게 온 것 같던데, 다들 아파도 아프다고 말을 안 해요. 몸이 안 좋아졌다고 말했다가 혹시라도 중간에 퇴원시킬까봐 겁나서 그러는 거예요. 돈이 아무리 중요하다지만 그래도 건강보다 중요하겠요? 몸에 이상이 느껴지면 간호사나 의사한테 바로 말해야 하는데, 어떻게든 이번 시험을 끝까지 버텨서 돈 받는 것만 중요하게 생각한다니까요. 다들 정말 미련해. 보고 있으면 정말 답답해 죽겠어."

그때 간호사가 휴게실로 나를 찾아와 곧 채혈할 시간이라며 지금 바로 병실로 와달라고 했다.

"만나서 반가웠어요. 저 채혈하러 갈게요. 나중에 또 이야기해요."

빨리 오라고 재촉하는 간호사를 뒤따라 나서며 대장염

선배에게 인사를 건넸다. 대장염 선배는 묘한 표정을 지으며 답했다.

"혹시 제가 너무 겁을 준 건 아니겠죠? 괜찮을 거예요. 힘내요."

운수 좋은 날

오늘은 첫 투약이 있는 날이다. 아침 일찍부터 의사와 간호사 들이 잔뜩 몰려와 병실이 북적였다.

"자, 이제부터 종이컵에 소변을 받아 올 거예요. 이건 선택 사항이 아니에요. 무조건 소변을 받아 와야 해요. 소변을 누고 난 이후부터 두 시간 동안은 물을 마시지 못하니 물을 마시고 싶으면 지금 미리 마셔두세요. 투약 후부터 나오는 소변은 3리터짜리 소변 백에 모두 담아야 해요. 대변을 보거나 샤워하는 도중에도 조금씩 소변이 나오는 경우가 있으니 그 전에 미리 소변을 보세요. 소변 한 방울도 그냥 흘려버리지 않겠다는 각오로 모든 소변을 모아주세요. 여러분의 소변은 이번 연구에서 매우 귀중한 자료이니

한 방울이라도 흘려선 안 돼요. 아셨죠?"

간호사가 크게 외쳤다.

그 말을 듣자 나 자신이 무척 중요한 사람처럼 느껴졌다. 엄밀히 말하자면 귀중하다는 건 내가 아니라 내 오줌이지만…….

그나저나 그 귀중하다는 오줌이 잘 나올지 걱정되었다. 나는 '꼭 해야 한다'는 말을 들으면 매번 쉽게 해오던 일도 괜스레 어려운 일처럼 느껴졌다. 더구나 새벽에 일어나 한 차례 시원하게 오줌을 누기도 했다. 이럴 줄 알았으면 오줌을 참는 거였는데……. 뒤늦은 후회가 몰려왔다.

오줌이 잘 나올까 걱정하고 있는데 간호사가 소변을 받아 오라며 벤티 사이즈의 종이컵을 건넸다. 순간 기겁했지만 다 채울 필요는 없고 바닥이 보이지 않을 정도만 채워도 된다는 말을 듣고 안도했다.

종이컵을 들고서 화장실로 향했다. 그 순간만큼은 마치 직장인 시절로 돌아간 듯한 기분에 나도 모르게 발걸음이 도도해졌다.

소변기 앞에 섰다. 여자 화장실은 어떤지 모르겠지만 공공시설의 남자 화장실 소변기 위에는 '남자가 흘리지 말아야 할 것은 눈물만이 아닙니다', '아름다운 사람은 머문 곳도 아름답습니다', '욕심을 버리세요', '한 걸음만 앞으로' 같은 다양한 문구가 적혀 있다. 하지만 이곳에서는 한결같이 '잠시만! 소변 백은 챙기셨나요?'라는 문구뿐이다. 마치 세상에 소변보다 더 중요한 건 없다는 듯이. 내 오줌이 귀중하다는 말을 처음 들었을 때는 내가 뭐라도 된 듯 자존감이 높아졌지만 이제는 민망해졌다.

소변기에 붙은 문구를 애써 외면하며 바지를 내리고 한 손에 종이컵을 들고서 자세를 잡았다. 걱정과 달리 오줌이 술술 나왔다. 하루의 시작이 나쁘지 않았다. 임무를 무사히 완수하고서 병실로 돌아왔더니 얼마 지나지 않아 기적이 일어났다. 귀염둥이 어린이 자리의 모니터에 이상이 생겨 모두가 옆으로 한 칸씩 이동하게 된 것이다. 나는 근육이방이 쓰던 창가 자리로 가게 되었다.

'야호! 오줌도 술술 잘 나오더니 이제는 창가 자리까지 얻게 되었구나. 오늘은 정말 운수 좋은 날이다.'

나는 속으로 쾌재를 외쳤다. 그때였다.

"간호사님, 굳이 모든 환자가 자리를 옮길 필요가 있을까요? 생각해보세요. 51번의 모니터에만 문제가 있으니 51번의 침대만 빈자리로 옮기면 될 일 아닌가요?"

침대 이동으로 반대편 창가 자리를 잃게 될 공시생이

불만과 짜증이 가득 섞인 목소리로 말했다.

　내가 생각해도 공시생의 의견이 모든 사람의 침대를 옮기는 것보다 더 효율적이고 이성적이라 순간 긴장했다. 하지만 간호사는 조금도 망설이지 않고 단호한 목소리로 안된다고 답했다. 대답이 너무도 단호했기에 공시생은 다시 물을 엄두도 내지 못했다.

　건장한 남성 다섯이 복도에 나가 어정쩡하게 서 있는 동안 간호사들이 끙끙대며 침대를 한 칸씩 이동시켰다. 잠시 뒤 병실로 들어오라는 간호사의 말에 창가 옆자리로 옮겨진 새로운 나의 보금자리로 돌아왔다.

　창문을 통해 들어온 신선한 햇살이 그대로 피부에 닿았다. 창밖으로 길을 걸어가는 사람들을 내려다볼 수도 있었다.

　'내게도 이런 행운이 찾아올 줄이야! 오늘은 정말 운수 좋은 날이다.'

　나는 감격하여 좀처럼 창에서 눈을 떼지 못했다.

　"잠시 후부터 투약을 시작할 거예요. 약의 특성상 투약 후에 맥박이 급격하게 떨어질 수 있어요. 저희가 옆에서 계속 지켜보고 있을 거니까 갑작스러운 변화에 너무 놀라거나 걱정하지 마세요."

간호사가 걱정하지 말라는 말을 걱정스러운 목소리로 말했다.

그 말을 듣고 창에서 눈을 떼고 병실을 바라보았다. 의사와 간호사 모두 잔뜩 긴장한 얼굴을 하고 있었다. 반면에 정작 약을 먹어야 하는 시험 대상자들은 다들 아무 걱정 없는 표정으로 한가하게 만화책을 보거나 공부를 하거나 게임을 하고 있었다.

천국으로 가는 길

드디어 투약 1분 전.

의사와 간호사 들이 처음으로 투약받을 귀염둥이 어린이 앞에 서서 긴장한 얼굴로 시계를 바라보았다. 하지만 귀염둥이 어린이만은 더할 나위 없이 표정이 해맑았다.

"간호사님, 예전하고 달라지신 것 같아요. 음, 뭐랄까 더 예뻐지신 거 같아요. 히히."

"에이, 아니에요."

간호사가 쓴웃음을 지으며 손사래를 쳤다.

"아니에요, 정말 예뻐지셨어요. 으음, 그동안 살이 빠지신 건가?"

"그때보다 살이 빠지긴 했어요. 사실은 많이 빠졌다가

요즘 살이 다시 찌는 거 같아 걱정이에요."

"에이, 간호사님도 참. 걱정 안 하셔도 돼요. 간호사님은 정말 예쁘신걸요. 히히."

귀염둥이 어린이는 다른 간호사들에게는 전혀 말을 걸지 않으면서 단발머리 간호사만 보면 활짝 웃으며 말을 걸었다. 단발머리 간호사를 좋아하는 것 같았다. 귀염둥이 어린이도 결국 어쩔 수 없는 남자였구나.

"그리고 말인데요, 머리 스타일도 예전하고……."

"자 자, 이제 시간 됐어요. 얼른 약 드세요."

마침내 투약이 시작되었다. 51번 귀염둥이 어린이부터 시작해 정확히 2분 간격을 두고 차례대로 투약을 시행했다. 52번 두꺼비 아저씨에게 투약이 끝난 후 53번 내 차례가 되었다.

내 앞에서 미리 대기하며 시계를 보고 있던 의사가 시간이 되었다며 알약이 담긴 작은 컵과 물이 담긴 비커를 내려놓았다.

"알약을 손으로 집지 마시고 그대로 입에 털어 넣으세요. 그리고 나서 바로 물을 드시고 약을 삼키셔야 합니다. 물은 한 모금도 남기지 말고 다 마셔야 해요."

컵을 들어 안을 들여다보니 새하얀 알약 하나가 덩그러

니 놓여 있었다.

의사가 시킨 대로 알약을 입에 털어 넣고 비커에 담긴 물을 마셨다. 내 몸이 전혀 필요로 하지 않는, 또 어떤 부작용을 일으킬지 모르는 약을 억지로 먹어야 하는 상황이 막상 닥치자 꼭 사약을 먹는 것만 같았다. 더구나 어제 대장염 선배로부터 이번 약은 정말 독하다는 말을 들었다.

약을 먹고 나자 의사가 입을 벌리라고 했다. 그러고는 혹시 약을 숨기지 않았는지 나무 막대로 입안 구석구석을 확인했다. 누군가가 얼굴을 바짝 들이대고서 입안 구석구석을 살피니 부끄럽다 못해 비참한 생각까지 들었다.

정신이 몽롱해지고 온몸에 힘이 빠지기 시작했다. 불편하면 누워 있어도 된다는 간호사의 말을 듣고 침대에 누워 눈을 감았다.

얼마나 지났을까.

삐익, 삐익.

적막하기만 하던 병실에 경고음이 울렸다.

자리에서 일어나 확인해보니 공시생에게서 울리는 경고음이었다. 공시생의 맥박이 40대로 내려가 있었다. 곧이어 귀염둥이 어린이에게서도 경고음이 울렸다.

'다행이다. 나한테서 나는 소리가 아니었구나.'

안심하고서 다시 누우려는 순간, 내 모니터에서도 경고음이 울렸다.

그럼 그렇지. 나만 아니면 된다는 이기적인 생각을 조금이라도 하면 그 순간 꼭 같은 일이 생기고 마는 불운을 타고났다.

모니터를 확인해보니 약을 먹기 전 76이던 맥박이 어느새 46까지 떨어져 있었다.

얼마 지나지 않아 병실 안은 마치 경쟁이라도 하듯 여기저기서 울리는 경고음으로 가득 찼다. 하지만 이상하게도 경고음이 전혀 심각하게 생각되지 않았다. 침대에 누워 고개를 창밖으로 향한 채 바람에 흔들리는 나무를 멍하니 바라보며 '오늘도 바람이 많이 부는구나' 생각하고 있을 때였다.

의사가 다가와 불편한 곳이 있냐며 물었다.

"아니요."

나는 여전히 창밖에 눈을 두고서 대답했다.

불편이라니······. 그러기는커녕 너무도 평온했다. 얼마만에 느껴보는 평화인가. 그동안 분노에 휩싸여 어리석게 살았다. 분노는 생각을 막았다. 생각이 막히자 나 자신을 돌아볼 수 없었다. 나 자신을 돌아볼 수 없으니 글을 쓸 수 없었다. 사람답게 살기 위해, 다시 글을 쓰기 위해 분노의 불길을 잡으려 노력했지만 쉽지 않았다. 그런데 아무리 노력해도 끌 수 없던 분노의 불길이 알약 단 한 알로 한순간에 가라앉은 것이다. 붉게 불타던 마음이 점차 식어가며 마침내 은은한 빛을 띠기 시작했다.

'저토록 굳센 나무도 바람이 불면 가지 정도는 흔들리기 마련인데 나는 어리석게도 조금도 흔들리지 않고 살려고만 했구나. 누구를 탓할 일이 아니었다. 모두 내 탓이고 내 잘못이었던 것이다.'

한결 가벼워진 마음에 몸마저 두둥실 떠오르는 것 같았다. 이대로 창문을 열고 나가면 어린아이의 손에서 벗어난 풍선처럼 바람에 몸을 맡긴 채 훨훨 하늘을 날아다닐 수 있을 것 같았다. 하지만 안타깝게도 병실 창문은 열리지 않는 문이었다. 내 지문으로는 병원 밖으로 나갈 수도 없었다. 사방이 꽉 막혀 있었다. 세상 이치를 너무도 늦게 깨달아 무풍지대로 들어오게 된 나 자신이 참으로 어리석게 생각되었다.

"선생님, 제 몸이 이상해요. 저 이대로 죽는 거 아니죠?"

공시생이 떨리는 목소리로 의사에게 물었다. 오로지 공부만 하다 시험에 합격하기도 전에 이곳에서 이대로 삶을 마감하게 되는 건 아닌지 걱정 가득한 목소리였다.

나는 이토록 부질없는 삶에 아직도 강한 애착을 보이는 공시생의 모습이 왠지 우스워 보여 터져 나오려는 웃음을 막기 위해 손으로 입을 가려야만 했다.

"아니에요, 걱정하지 마세요. 우리가 계속 옆에서 지켜보고 있을 거예요. 불편하시면 좀 누워 계세요."

의사가 공시생을 안심시켰다.

공시생은 의사의 말을 듣고는 다시 침대에 누워 멀뚱멀뚱 천장을 바라보았다. 그리고 얼마 지나지 않아 그의 얼굴에도 마침내 걱정이 사라지고 미소가 떠올랐다. 지금껏 그를 얽매었던 시험에 대한 스트레스와 불안한 마음을 내려놓은 행복한 얼굴이었다.

그날 병실 안 공기는 확실히 달랐다. 마치 경쟁이라도 하듯 경고음이 끊임없이 울렸으나 시험 대상자들의 얼굴에는 근심이 아니라 미소만이 가득했다.

행복으로 가득 찬 시험실. 천국이라고 별거 있을까? 세상의 모든 근심 걱정과 번뇌로부터 벗어난 이곳이 바로 천국이었다.

사이보그는 점차 모든 것이 허구처럼 느껴졌다

한밤중에 울리는 경고음에 잠에서 깼다. 약을 먹은 지 꽤 시간이 지났지만 아직도 여기저기서 경고음이 울리고 있었다. 앞서 울렸던 것과 같은 경고음이었다면 무시하고 다시 잠을 청했겠지만 이번에는 달랐다.

삐이이이.

침대에서 일어나 모니터를 보았다. 심장 박동 그래프가 어떤 미동도 없이 일직선으로 그어져 있었다.

'결국에는 이렇게 끝나는 건가. 그런데 죽어서도 머리가 아플 수 있는 걸까.'

나는 지금 내가 죽은 건지 살아 있는 건지 도무지 알 수 없었다.

즐겁던 파티는 모두 끝났다. 내 안을 가득 채웠던 행복한 생각들은 순식간에 사라지고, 지금은 외로운 몸뚱이에 끔찍한 두통만이 남았다.

몸을 일으켜보았다. 깃털처럼 가볍던 몸이 쇳덩이처럼 무거웠다. 힘들게 몸을 일으켜 몸 이곳저곳을 살펴보았다. 오른쪽 가슴에 붙어 있던 전극 하나가 떨어져 있었다. 자는 동안 나도 모르게 몸을 뒤척이다 떨어져 나간 모양이었다.

침대에 설치된 호출 버튼을 눌러 당직 의사를 부르려다 새벽 3시 40분을 가리키고 있는 시계를 보고는 생각을 고쳤다. 자리에서 일어나 비틀거리며 화장실로 향했다. 세상이 빙빙 도는 것만 같았다.

화장실 전면 거울 앞에 서서 윗옷 단추를 하나씩 풀었다. 가슴 여기저기에 전선들이 주렁주렁 매달린 거울 속나의 모습이 마치 공상과학영화의 사이보그를 보는 것만 같았다. 어릴 때 공상과학영화를 보며 사이보그의 몸에 매달린 줄은 대체 무엇일까 궁금했었는데 이제야 그 의문이 풀렸다. 바로 심박수를 재기 위해서였다.

사이보그는 가슴에 끈적하게 남아 있던 스티커 자국을 찾아 떨어져 나간 전극을 다시 붙이고는 비틀거리며 침대로 돌아와 몸에 매달린 전선을 모니터에 연결했다. 일직선을 그리며 멈춰 있던 심장 박동 그래프가 다시 꿈틀대며 움직이기 시작했다. 사이보그는 그걸 보고서 아직 죽지 않고 살아 있음을 알게 되었지만 별다른 감흥은 느끼지 못했다.

눈을 뜨니 어느새 한없이 밝아진 병실.

간호사가 비커에 수용액을 따르고 있었다. 그 모습을 여전히 약에 취한 멍한 얼굴로 가만히 지켜보자 간호사는 곧 있을 투약을 위한 물이라고 알려주었다.

오전 9시 48분, 어제와 마찬가지로 같은 시각에 내 앞에 선 의사가 지켜보는 가운데 약을 먹었다.

컵 안에 든 알약을 입에 털어 넣었다. 비커에 담긴 물을 다 마셨다. 입을 크게 벌리자 의사가 나무 막대로 입안을 이리저리 살피며 검사했다.

기시감이 들었다. 어제 일이 현실처럼 느껴지지 않았다. 마치 간밤에 꾼 기분 나쁜 꿈이 현실에서 반복되는 것만 같아 섬뜩했다.

하지만 그것도 잠시, 약은 오늘도 내게 행복을 선물했다. 나도 세상도 삶도 가볍게 느껴졌다. 지금 이대로 삶을 끝내면 죽어서도 이 행복이 영원히 지속될 것만 같았다.

그 순간 왜 병실 창문이 열리지 않는지, 왜 소지품 검사를 해서 연필을 깎기 위해 가져온 커터칼을 압수해 갔는지 알 것 같았다. 그토록 바랐던 행복이다. 하지만 지금은 나의 몸을 점차 정복해나가는 행복이 두려워졌다. 사람의 기분을 제멋대로 뒤흔드는 이런 이상한 약을 계속 먹다가는 결국 다른 사람으로 변해버리는 건 아닐까.

"나는 생각한다. 고로 나는 존재한다."라고 말했던 데카르트처럼 나 역시 그동안 내가 주체적으로 생각한다는 것을 근거로 내가 존재한다고 생각했고, 내 존재만은 의심하지 않았다. 하지만 작은 알약 한 알로도 나 자신이 이토록 쉽게 변할 수 있다는 사실을 알고 난 뒤부터는 더는 내가 존재한다는 생각이 들지 않았다. 낮 동안의 나와 밤이 찾아온 후의 나는 같은 사람이라 할 수 없었다. 몸뚱이도 내 몸뚱이 같지 않았고, 지금 하는 생각도 내 생각 같지 않았다. 사이보그는 점차 모든 것이 허구처럼 느껴졌다.

"여러분, 그동안 수고 많으셨어요. 지금부터 샤워할 시간을 드릴 거예요."

간호사가 기쁜 목소리로 말했다. 순간 기쁜 생각이 들었다가 이 한없이 가볍고도 가벼운 존재를 다시금 느끼게 된 계기를 생각하니 너무도 서글펐다. 그러나 서글픈 것은 서글픈 것이고, 곧바로 갈아입을 속옷과 수건을 챙겨서 샤워실로 향했다.

샤워실에는 총 다섯 개의 샤워 부스가 있었다. 그중 한 부스에는 특수 약을 먹는 시험 대상자만 쓸 수 있다는 경고 문구가 붙어 있었다.

그들은 도대체 어떤 약을 먹길래 샤워 부스도 공유하지 못하는 것일까? 대체 몸에서 무엇이 빠져나오길래 그것이 샤워 부스에 잔류하여 다음 사람에게 영향을 준다는 것일까? 정말 약이라는 건 알아갈수록 신기하기 짝이 없었다. 사람의 기분이나 생각을 이리저리 바꾸기도 하고, 다른 사람과 샤워도 함께 하지 못하게 할 정도로 몸에서 이상한 물질을 뿜어내게도 만들었다. 인간에게 정말 영혼이란 것이 존재한다면 작고 하얀 알약 형태이지 않을까?

고개를 저으며 샤워 부스로 들어갔다. 환자복을 벗고서 거울을 보았다. 반삭을 한 나체의 남자가 보였다.

병원에 입원하기 전날 반삭을 했다. 이틀 동안 샤워를 하지 못한다는 것을 미리 알았던 것은 아니다. 이번 임상 시험에 참가한 데에는 돈을 벌겠다는 생각도 있었지만 여기서 지내는 동안 망가진 나를 다잡고 싶다는 다짐과 각오가 있었다. 반삭을 하고 온 건 그런 이유에서였다.

사람은 살아가다 자신을 잃어버린 것만 같다는 생각이
들 때면 자신을 되찾기 위해 낯선 곳으로 떠나거나 머리를
짧게 치곤 한다. 사람들은 대개 둘 중 하나만 한다. 낯선
곳으로 떠나거나 머리를 짧게 치거나. 나처럼 머리를 짧게
치고서 낯선 곳으로 떠나는 경우는 거의 없다. 욕심이 과
했던 것일까.

대체 이곳은 어디고, 거울 속 사내는 누구란 말인가.

거울 속의 낯선 이는 반삭의 머리를 손바닥으로 매만지
며 어리둥절한 표정으로 샤워기 물을 틀었다. 따뜻한 물이
몸에 닿자마자 긴장이 풀렸다.

다섯 명의 시험 대상자가 한 병실에서 함께 지내야 했
고, 병원 곳곳에는 감시 카메라가 작동하고 있다. 일거수
일투족뿐만 아니라 심장 박동과 혈압, 그리고 채혈도 모
자라 오줌까지 받아 가서 나를 속속들이 들여다보고 있
었다. 하지만 이 작은 샤워 부스 안에서만큼은 잠시나마
자유를 느낄 수 있었다. 쉽게 샤워를 끝내지 못했다.

샤워를 끝내고 병실로 돌아오자 간호사가 다시 가슴에
다 전극을 붙였다. 이제부터는 목에 거는 기계를 착용할
필요 없이 중앙 모니터와 연결된 전극만 붙이면 된다고 했
다. 가슴에 붙이는 전극도 여덟 개에서 세 개로 줄었다. 채

혈도 하루 열한 번에서 한 번으로 준다고 했다.

"오늘 몸 상태는 어떠세요?"

간호사가 물었다.

"어제보다 나은 것 같아요."

여전히 몸에 거추장스러운 것을 붙여야 하고 하루에 한 번씩 채혈을 해야 하지만 어떤 때보다도 감사함과 해방감을 느끼는 나 자신이 너무도 어리석게 느껴졌다.

"이제 몸에 약의 내성이 생겨서 그래요."

간호사가 말했다.

순전히 기분 탓인 줄 알았더니 그게 아니었다. 그새 내성이 생겼다니……. 흔히들 인간을 적응의 동물이라 말하지만, 실은 인간은 몸도 마음도 간사하다는 말을 그저 듣기 좋게 꾸민 말에 지나지 않는다는 생각이 들었다.

마음의 병

오늘 아침 메뉴는 눅눅한 조기 한 마리, 메추리알조림 여섯 알, 상추겉절이, 깍두기, 시래깃국, 흰쌀밥, 그리고 저당 요구르트 한 개다. 하루 세끼 중 두 끼는 꼭 생선이 나온다. 특히 조기는 하루에 한 번은 꼭 나오고 있어 병원에 들어온 이후 매일 조기 얼굴을 보는 셈이다.

자주 봐서 정이 든 까닭인지 몰라도 언젠가부터 조기 얼굴이 묘하게 사람 얼굴처럼 보이기 시작해 영 기분이 편치 않았다. 웃는 얼굴이라도 하고 있으면 그나마 나을 텐데 조기 표정은 늘 '으으으'이거나 '헉'이거나 '으악' 중 하나다. 오늘 아침 조기 얼굴은 '으악' 쪽이다. 더구나 조리한지 꽤 시간이 지났는지 눅눅하다.

'으악' 하고 비명을 외치던 순간에 멈춰진 조기 눈알을 애써 외면하며 '으으으' 한 얼굴로 눅눅한 생선 살을 젓가락으로 한 점 한 점 발라내고 있을 때였다.

"아이고, 며칠짜리예요?"

한 남자가 능글맞게 웃으며 물어왔다. 눈과 입이 정말 크다. 어디서 많이 본 얼굴이다 싶었는데, 방금 전까지 바라보던 조기 얼굴을 닮았다.

"저, 한 달이요."

"히이익? 한 달이오? 저는 최고 길게 한 게 열흘짜리였는데. 그것도 엄청 힘들었어요. 그런데 한 달이라니……. 아이고, 저는 못 버텨요. 굉장한 프로이신가 보네."

그는 놀란 듯 커다란 눈알을 이리저리 굴리며 능글능글한 얼굴로 손사래를 치며 말했다.

"처음 하는 거예요."

"히이익? 처음이라고요?"

"네."

"이야, 처음부터 가장 센 걸로 가시네. 참 대단하시다."

"선생님께서는 많이 해보셨나요?"

"선생님? 호호호. 그래, 형씨는 나이가 어떻게 되시나? 서른은 넘죠?"

그는 선생님이란 호칭을 마음에 들어 했다. 나는 속으로 이 사람을 '생선 선생'이라고 부르기로 했다.

"서른넷입니다."

"저는 마흔다섯이에요. 그나저나 병원 정말 잘 고르셨네. 제가 여기저기 많이 해봐서 아는데 이렇게 시설 좋은 곳이 얼마 없어요. 어떤 곳은 한방에 오십 명씩 가둬두고서 동물 취급 하는 곳도 있다니까. 양계장이 따로 없어요. 밥도 인스턴트 도시락 중에 가장 싼 걸로 주고 말이야. 그런 곳에 비하면 여기는 그나마 사람 취급은 해주는 거예요. 처음부터 가장 좋은 곳을 골라서 온 걸 보니 정말 운이 좋은 분이시네."

"말씀을 듣고 보니 제가 정말 운이 좋았네요."

얼결에 말은 그렇게 했지만 고작 병원 한번 잘 골랐다고 해서 나 자신을 정말 운 좋은 사람이라고 생각하지는 않았다. 정말 운 좋은 사람이었다면 이런 곳까지 올 일도 없었을 테니까.

"지금껏 임상시험에 참가해보니 짧은 거는 보통 영업사원이 많이 하더라고요. 일만 해서는 먹고살기 힘드니까 쉬는 날에도 여기 와서 용돈 벌어 가는 거지. 생각해보면 그 사람들 하는 일이 늘 밖에서 돌아다니는 거니까 여기 와서 아무것도 하지 않으면서 그저 침대에 누워 만화책 보며 푹 쉬는 것만큼 좋은 휴가가 없긴 해요. 그죠? 게다가 돈까지 주고. 긴 거는 보통 시험 공부 하는 사람들이나 컴퓨터 게임 좋아하는 사람들이 많이 하더라고요."

말을 마친 생선 선생이 내게 넌지시 눈길을 보냈다.

"아, 저요? 저는 공부하는 쪽이라고 할까요?"

"무슨 공부?"

"그게, 으음…… 글을 씁니다."

"아이고, 참 힘들고 돈 안 되는 일 하네요. 그래도 멋지다, 멋져. 대단하시네."

"아, 아닙니다."

"뭐 써요? 소설?"

"그게 형식은 소설이라면 소설이라고도 할 수 있지만……."

"아, 예. 뭐 그런 것까지 자세히 알고 싶어서 물은 건 아니고. 그보다 글 쓰는 사람이라니까 내 이야기를 잘 듣고 나중에 글로 한번 써봐요. 내 이야기가 참 기가 막힌 드라마거든."

생선 선생이 내 말을 가로막으며 자기 이야기를 하기 시작했다.

"저는 공무원 시험을 준비하고 있어요. 이제 3년째 됐는데 그게……. 사실 마음만 먹으면 그까짓 공무원 시험 정도는 아주 우습게 붙을 텐데 아직 먹고살 만해서 그런지 마음먹기가 쉽지 않네요. 별거 아닌 일이 더 하기 힘든 건 형씨도 잘 아시죠? 제가 사실 이래 봬도요, 공무원 시험 준비하기 전에 증권회사에 있었어요. 그때는 진짜 잘나갔어요. 돈도 잘 벌었죠. 제 고객들 중 손해 본 사람은 거의 없었어요. 열에 아홉은 죄다 이익을 얻었지요. 크게는 칠팔억씩 벌어다 준 사람도 있었어요. 그렇다고 고맙다며 사례를 받은 적은 없어요. 반대로 조금이라도 손해를 보면 엄청 화를 냈어요. 내 돈 물어내라고 욕도 하고. 예전에 내가 돈 벌어다 준 건 생각도 안 하고 말이에요. 사람이란 게 참 그래요. 아무리 많이 벌어도 늘 부족하다고 생각하고, 조금 잃은 건 또 엄청 크게 생각하고……. 증권회사 있으면서 돈 많은 사람들을 많이 만나봤는데 진짜 있는 놈들이 더하다는 말이 딱 맞더라고요. 다들 돈 욕심이 얼마나 많은지, 죽을 때까지 펑펑 쓰고도 대대손손 남겨줄 돈이 있으면서도 얼마나 집착하던지. 커피 한 잔 사는 것도 벌벌 떨어요. 하긴 그렇게 인색하니까 돈을 모을 수 있었겠지. 하여튼 증권회사에서 일하면서 스트레스를 너무 많이 받아 마음의 병이 걸리고 말았어요. 그 마음의 병 때문에 더는 회사에 다닐 수 없어 그만두고 공무원 시험을 준비하게 된 거예요. 저는 지금 어머니랑 동생이랑 살고 있어요. 고시원 같은 데 들어갈 생각도 해봤는데 이왕이면 가족하고 같이 사는 게 좋잖아요. 그나저나 형씨는 집에서 한 달 동안이나 임상시험 하는 거 허락해요? 부모님이 뭐라 안 하세요?"

"부모님께는 당연히 말씀 안 드렸죠. 분명 걱정하실 테니까요."

"부모님과 따로 살아요? 혹시…… 결혼했나요?"

"네."

"아내가 허락해주던가요?"

"네. 근데 좀 미안하죠. 제가 부족해서……."

"하이고, 그런 말 말아요. 결혼하신 거면 그것만으로도 능력이 상당히 좋으신 거예요. 저는 마흔다섯이나 되었는데 지금껏 연애 같은 연애 한번 못 해봤어요. 썸 같은 게 있긴 했는데 제대로 사귄 적은 없으니 모태 솔로라고 해도 무방하죠. 이 나이 되도록 뭘 한 건지……. 제 친구들은 다들 결혼해서 애 낳고 잘 살고 있는데. 애가 벌써 고등학생인 친구도 있어요. 제가 딱 걔 나이였을 때는 마흔다섯

어른들이 정말 크게 보였는데, 지금 그 나이가 되고 보니 참 나잇값도 못 하고 한심하다는 생각이 들어요."

생선 선생이 슬픈 표정으로 말했다. 측은한 생각이 들어 위로의 말을 건넸다.

"아니에요, 선생님. 너무 자책하지 마세요. 다른 사람들도 모두 그렇게 생각해요. 저도 적은 나이는 아닌데 어릴 때와 달라진 건 거의 없는 것 같아요. 사람이 나이 든다고 확 변하나요? 어릴 때니까 잘 모르고 어른이라면 그저 완벽하고 우리와는 다를 거라 생각했던 것뿐이죠."

"아니에요, 그게 무슨 소리예요? 그건 형씨가 잘못 알고 있는 거예요. 사람은 나이 들면서 완전히 변해요. 제가 지금은 친구가 없어요. 어린 시절에나 어려울 때 서로 돕는 친구라는 게 있는 거지, 크면 다들 나한테 도움이 되는 놈인가부터 생각한다니까요. 말로는 친구라는 놈들이 지금은 연락 다 끊고 딱 제 식구만 챙겨요. 하, 세상이 어찌 이 모양일까요? 저는 말이죠, 살아오면서 늘 손해 보는 축이었어요. 어려운 사람을 보면 어떻게든 도와주었어요. 돈 빌려달라면 돈도 빌려주었어요. 제가 요즘 형편이 좀 어려워졌는데 누구 하나 도와주려 하지 않아요. 그렇다고 제가 먼저 손 벌리는 사람도 아니고. 그래서 보다시피 병원에 와서 이러고 있는 거예요. 남들은 조금만 힘들어도 죽는소리하면서 잘만 도와달라고 하던데 저는 도와달라는 말을 못 하겠더라고요. 그래도 그렇지, 내가 말을 안 해도 분명 힘든 거 알고 있을 텐데 다들 모른 척만 해요. 세상은 남을 돕고 성실한 사람에게 너무 불리한 곳 같아요. 그렇지 않아요? 이 세상은 남 어려울 때 도와주지 않으면서 막상 자기가 힘들 땐 죽는소리하면서 도와달라며 손 내미는 뻔뻔한 사람들만 이익을 보는 곳이라니까요. 사람이 변하지 않는다고요? 모르는 소리 하지 말아요. 형씨가 아직 덜 살아봐서 뭘 모르는 거예요. 사람은 다들 변해요."

나 역시 힘든 상황에 처했을 때 사람들이 하나둘 떨어져 나갔던 경험이 있었다. 그럴 때마다 마음이 너무도 아팠다. 그럼에도 내게는 아직 나를 생각해주는 사람이 남아있었다. 하지만 생선 선생 주변에는 누구도 남아 있지 않다는 말을 듣고서, 문득 모든 사람이 나를 떠난다면 어떤 심정일까 생각해보았다. 생각해보는 것만으로도 말할 수 없는 아픔이 느껴졌다.

"사람은 이기적이고 모순적이에요. 그렇고말고요. 중학교 때, 내가 키도 작고 허약해 보이니까 별것도 아닌 걸로 계속 트집 잡는 녀석이 있었어요. 한번은 그 녀석한테 뒤

돌려차기로 맞았는데 입술이 터져버리고 말았어요. 그런데 녀석은 미안하다는 말은커녕 뭐가 그리 재밌는지 깔깔대며 웃는 거예요. 반면에 나는 걱정이 많았어요. 엄마한테 뭐라고 말해야 하나, 엄마가 내 얼굴을 보면 분명 걱정하실 텐데. 엄마한테는 넘어졌다고 말했어요. 그래도 엄마는 알았을 거예요. 내가 맞고 왔다는 걸. 얼마나 속상했을까요? 왜 때린 사람이 아니라 맞은 사람이 이런 걱정을 해야 하는 거죠? 대체 왜? 제가 그렇게 당하고 나니깐 그다음부턴 다른 녀석들도 저를 우습게 여기고 괴롭혔어요. 사람들은 말이에요, 약한 사람이 당하는 걸 보면 도와줄 생각은 안 하고 나도 저렇게 당할지 모르니 저 사람과 엮이지 말아야겠다고 생각해요. 형씨도 아시다시피 사람은 강자에겐 약하고 약자에겐 강한 법이에요. 정말 답답하지 않아요? 세상 전체가 모순 덩어리인 데다가 맨 거짓말쟁이뿐이야. 어찌 그리 자기밖에 모르고 남에게 상처 주는지. 제 말 좀 들어보세요. 인생은 어찌 될지 모르는 거예요. 오늘 길 가다 누구한테 칼 맞을지 누가 알아요. 묻지 마 살인이 괜히 일어나는 게 아니에요. 저는 그런 뉴스 보면요, 백번 이해해요. 저라도 정말 화나면, 세상에 대한 불만이 쌓이다 보면 칼로 사람 찌를 수 있을 거 같아요. 형씨는 안 그래요?"

울분이 끓어오르는지 얼굴이 벌게진 생선 선생이 동의를 구하기라도 하듯 나를 빤히 쳐다보며 물었다.

"네, 그렇죠. 정말 화가 나면 그럴 수도……."

일단은 동의하는 투로 대답하긴 했지만 영 께름칙했다. 나는 아무리 화가 나도 사람을 칼로 찌를 수 있겠다는 생각은 해보지 못했다.

"저는요, 평생 살아오면서 매번 당하기만 하고 복수는 한 번도 못 해봤어요. 정의가 사라진 세상에 왜 나만 혼자 억울하게 정의롭게 살아야 해요? 다들 양심 없는 세상에 왜 나만 양심적으로 살아야 해요? 사람들은 나를 배려하지 않는데 왜 나만 배려해야 해요? 사람은 말이에요, 사람 무서운 줄 알아야 해요. 사람 무시하다가는 언제 어디서든 자기가 당할 수도 있다는 걸 알아야 한다는 말이에요."

생선 선생의 커다란 눈은 마치 불이 타오르는 것처럼 붉게 충혈되었고, 입에서는 허연 게거품이 끓었다.

나는 대체 무슨 말을 해야 할지 몰랐다. 생선 선생의 마음속에 쌓여 있는 분노는 실로 대단했다. 오직 분노만이 그의 마음을 지배하고 있었다. 사람에 대한 실망과 세상에 대한 원망이 그를 완전히 뒤틀어버린 듯했다. 분노에 차서 한참이나 허공에 대고서 칼로 사람 찌르는 시늉을 반복하는 생선 선생을 보자 한없이 측은한 생각이 드는 한편, 내 마음속에도 자리 잡고 있는 분노라는 마음의 병이 두렵게 느껴졌다.

뒤늦은 후회

대장염 신약 시험 대상자는 투약 후 두 시간 동안은 물과 음식을 먹지 못했다. 그런 이유로 점심때가 되어가는 시간에 휴게실에서 다 식은 아침밥을 먹는 사람은 대장염 시험 대상자들뿐이었다. 그런데 오늘은 대장염 시험 대상자가 아닌데도 밥시간이 지나서야 아침 식사를 하려는 사람이 있었다. 휴게실에서 시간을 보내고 있던 생선 선생이 내가 식판을 들고서 휴게실로 들어서는 것을 보고는 배식차에서 자신의 식사를 꺼내 들고 내 맞은편에 와서 앉았다.

"선생님, 아직 식사 안 하고 계셨어요?"

내가 의아한 목소리로 물었다.

"그게…… 식욕이 없어서 안 먹고 있었는데 마침 형씨가 오길래 같이 먹어야겠다 해서……. 이런 제길, 나 코다리 안 좋아하는데 또 코다리가 나왔네 참."

생선 선생이 반찬으로 나온 코다리무침을 보며 불평했다.

"코다리는 이상한 냄새 나지 않아요? 식감도 별로고."

생선 선생이 한 손으로 코를 쥐어 잡고 얼굴을 찡그리며 말했다.

"글쎄요, 저는 가리는 거 없이 뭐든 잘 먹어서요."

나는 단순히 밥만 많이 먹는 게 아니다. 가리는 음식도 없다.

"이야, 진짜 잘 먹네요."

생선 선생은 내가 밥 먹는 모습을 감탄한 듯 한참 동안 쳐다보았다.

"이 정도 식단이면 괜찮지 않나요?"

"그래요? 저는 집에서 먹던 것보다 좀 못해서……. 우리 엄마가 다른 건 몰라도 음식 솜씨 하나 좋거든. 그건 그렇고, 형씨는 술 좋아해요?"

"네. 집에서 한 번씩 마셔요."

"뭐 마시나요?"

"저는 위스키를 좋아해요."

"이야, 위스키? 좋죠. 뭐 마셔요? 발렌타인? 발렌타인 17년산이 딱 무난하고 좋더라고요. 내가 마시기에도 좋고, 선물로 줘도 받는 사람 부담 없고."

"저는 대형 마트에서 파는 노브랜드 위스키가 싸고 가성비가 나쁘지 않더라고요. 큰 거 하나 사서 두고두고 조금씩 마셔요."

"에이, 사람이 모양 빠지게 왜 그래요? 아무리 못해도 발렌타인 17년산 정도는 마셔줘야지."

"그런가요? 술맛 잘 모르는 저 같은 사람은 비싼 거 먹어도 뭐가 좋은지 몰라서요. 기분 좋을 만큼 취할 수 있으면 그걸로 충분해서요."

말은 그렇게 했지만 솔직히 돈만 있다면 17년산이 아니라 21년산도 마시겠지…….

"야식은 먹어요?"

"네. 가끔 통닭이나 피자 같은 거 먹죠."

"통닭은 뭐 좋아해요?"

"마트에서 파는 노브랜드 통닭이 괜찮더라고요. 문 닫을 시간에 가면 20프로 할인해서 팔거든요. 그때 사서 냉동고에 보관해두었다가 먹고 싶을 때 한 조각씩 꺼내서 데위 먹어요. 드셔보셨나요? 가성비가 정말 좋아요.”

“에이, 나도 호기심에 한 번 먹어봤는데 별로 맛없던데. 교촌이나 비비큐 같은 거 먹어봐요. 그게 맛있어요.”

“브랜드 치킨은 가격이 너무 많이 올라서…….”

“에이, 그래도 먹고 싶은 걸 먹어야죠. 까짓거 얼마나 한다고. 그러면 피자도 마트에서 파는 거 먹는 거예요?”

“네…….”

나는 이번에도 또 뭐라 할까 싶어 괜히 주눅이 들어 힘없는 목소리로 대답했다.

“에이. 뭐, 그건 맞다. 인정. 나도 먹어본 적 있는데 피자는 먹을 만하더라고요. 그래도 브랜드 피자가 훨씬 맛있지. 비싸더라도 그걸로 먹어요.”

내가 노브랜드 위스키를 마시고 노브랜드 야식을 먹는 건 돈이 없기 때문이 아니었다. 위스키와 야식 따위에 돈을 더 쓸 만큼의 가치를 느끼지 못하기 때문이었다. 만약 내가 위스키나 야식에 돈을 더 쓸 가치를 느꼈다면 브랜드 제품을 샀을 것이다. 그 정도 여유는 있었다. 위스키나 야식에 큰 가치를 두고 있지만 돈이 없어 브랜드 제품을 사먹지 못하는 사람이 생선 선생의 말을 들었더라면 크게 상실감을 느꼈을 것이다. 이곳은 충족한 사람들이 오는 곳이 아니라는 것을 생선 선생도 잘 알 텐데 왜 그런 말을 하는 건지 궁금했다.

생선 선생은 이후로도 계속해서 나를 깎아내리는 말을 이어갔다. 처음에는 어떤 의도로 그런 말을 하는지 알 수 없었지만, 이야기를 해나가다 보니 그 이유를 알 수 있었다.

생선 선생은 이곳에 오는 사람들이 넉넉한 사람이 아니라는 것을 잘 알고 있었다. 그래서 그러는 것이었다. 늘 무시당하고 짓밟히는 삶을 살아온 생선 선생은 가진 자들에 대한 분노도 있었지만 한편으로는 자신도 그들과 같은 사람이 되고 싶다는 동경 또한 가지고 있었다.

나는 화가 나기보다는 오히려 슬픈 생각이 들어 생선 선생이 하는 이야기를 가만히 들어주었다. 간간이 "부럽네요!"라든지 "그건 너무 비싸서……." 같은 추임새도 넣어주었다. 어제 사람들에게 무시당하고 짓밟히며 살아온 그의 이야기를 들으며 연민이 생긴 이유였다. 분노에 몸을 떨며 허공에 칼을 휘두르던 어제의 생선 선생은 오늘은 그토록 원하던 악당이 되어 환하게 웃고 있었다.

생선 선생과 헤어지고서 병실로 돌아왔다. 침대에 앉아 창밖을 바라보고 있는데 방금 있었던 일이 계속해서 마음에 걸렸다.

그를 위해 한 행동이라 생각했는데 마치 내가 생선 선생을 나쁜 사람으로 만든 것만 같은 죄책감이 들었다. 그의 사고방식이 잘못되었다는 것을 알면서도 괜한 측은지심에 그의 편을 들어주며 부추겼다는 생각 때문이었다. 그건 어떤 의미로 한 일이었을까? 힘없고 늘 당해오기만 한 안타까운 사람이니 잘못된 일을 해도 못 본 척하며 무조건 편을 들어줘야 한다고 생각한 것일까? 그러는 것이 그가 지금껏 당해온 것에 대한 작은 보상이 될 수 있다고 생각한 것일까?

내가 뭐라고, 나는 대체 방금 무슨 짓을 한 걸까…….

뒤늦은 후회와 함께 한없는 부끄러움이 밀려왔다.

텔레비전 세상

잠에서 깨어나 창밖을 바라보니 비가 추적추적 내리고
있다.

이곳에 온 뒤로 계속 맑은 날이었다. 매번 맑은 날만 보
다가 비 내리는 풍경을 보니 제법 운치가 있다. 창가를 때
리는 경쾌한 빗소리가 듣기 좋았다. 밖에 나가 살에 닿는
빗방울의 감촉을 느끼고 싶었다. 그러나 지금의 내 처지로
는 바깥으로 나갈 수 있기는커녕 창문을 열어 창밖으로 손
을 내밀 수도, 비에 젖은 신선한 흙냄새를 맡을 수도 없었
다. 마치 텔레비전을 보고 있는 것만 같았다.

비가 내리는 바깥세상과 달리 내가 머무는 곳의 날씨는
오늘도 변함이 없다. 온도와 습도는 늘 일정하게 유지되고

바람은 불지 않는다. 정확한 시간에 맞춰 백열등이 번쩍하고 켜지면서 순식간에 환한 낮이 되었다가 또 한순간 번쩍하며 깜깜한 밤을 맞는다.

'이런, 다시 생각해보니 창밖 세상이 텔레비전 화면 같은 게 아니라 내가 바로 텔레비전 화면 속으로 들어온 게로구나.'

오늘도 텔레비전 세상에서는 정규 편성 시간표에 맞춰 의사가 시험 대상자들의 심전도 검사를 하기 위해 왔다.

두꺼비 아저씨는 역시나 아침부터 열심히 게임 중이다.

"심전도 검사를 해야 하니 노트북을 잠시 치워주시겠어요? 노트북처럼 전류가 흐르는 물건은 기계에 영향을 줄 수 있거든요."

의사가 두꺼비 아저씨에게 부탁했다.

"아니, 다른 의사들이 검사할 때는 노트북을 치우지 않아도 됐는데 당신은 왜 치우라고 하는 거야? 지금 나 무시하는 거지? 그렇지?"

두꺼비 아저씨가 불만 가득한 목소리로 물었다.

내 기억은 두꺼비 아저씨와 달랐다. 다른 의사들도 그에게 노트북을 치워달라고 요청했다. 하지만 두꺼비 아저씨가 지금처럼 노트북을 치우지 못하겠다며 화를 내서 의사들이 포기하고 노트북을 둔 채로 심전도 검사를 했던 것이다.

"노트북이 있으면 정확한 검사가 되지 않아요. 잠시만 바닥에 두면 안 될까요? 모두 대상자분을 위해서 그러는 거예요."

다른 의사들과 달리 이번 의사는 쉽게 포기하지 않았다.

"안 돼, 게임 중이라. 이거 전원이 꽂혀 있지 않으면 금세 꺼진단 말이야."

"그러면 잠시만 노트북을 꺼두면 안 될까요?"

"안 돼! 그건 절대 안 돼!"

의사와 두꺼비 아저씨 간의 긴 실랑이 끝에 결국 타협해서 침대 간이 탁자에 노트북을 올려두기로 했다. 그런데 탁자 가장자리에 놓인 노트북이 까딱하면 떨어질 듯 위태위태했다. 아니나 다를까, 공교롭게도 옆을 지나가던 간호사가 두꺼비 아저씨의 침대와 가볍게 부딪치는 바람에 마우스가 툭, 하고 바닥에 떨어지고 말았다.

"뭐야? 이거 무슨 소리야? 당신들 대체 무슨 짓을 한 거야?"

심전도 검사를 하기 위해 침대에 누워 있던 두꺼비 아저씨가 벌떡 일어나 외쳤다.

"죄송해요. 마우스예요, 마우스. 괜찮을 거예요."

간호사가 겁에 질려 떨리는 목소리로 말했다.

"아니, 씨발. 이 병원은 일을 왜 이따위로 하는 거야. 도 대체 일을 똑바로 하는 것들이 하나도 없어."

나는 두꺼비 아저씨에게 한마디 하려다 겨우 참았다. 아직 3주나 함께 더 지내야 한다. 괜히 신경을 건드렸다가 는 나만 손해다. 나는 이미 언론사와 싸우는 과정에서 모 난 돌이 정 맞는다는 것을 몸소 체험한 사람이다. 그 일 이 후 나는 어떤 일에도 나서지 않으려 했다.

두꺼비 아저씨의 심전도 검사를 힘들게 마친 의사가 내 게로 왔다.

심전도 검사를 하려고 침대에 누우려는데 아직도 화가 풀리지 않았는지 두꺼비 아저씨가 계속해서 중얼거리는 소리가 들려왔다.

"씨발, 나 없으면 아무것도 못 할 놈들이. 내가 시험에 참가하지 않으면 저것들이 어떻게 돈을 벌 거야. 씨발, 누 가 자기들 밥 먹여주는지, 누가 상전인지도 모르고 말이 야."

나도 모르게 한숨이 나왔다. 두꺼비 아저씨가 저런 성격 과 태도를 지니게 된 건 그의 탓일까, 아니면 사회 탓일까.

예전에는 이에 대해 진지하게 생각해본 적도 있지만 지금은 그다지 중요한 문제라고 생각되지 않았다. 답이 어느 쪽이든 기분이 나아질 것 같지 않았다.

침대에 누워 손발과 가슴에 전극을 꽂은 채 비 내리는 창밖을 바라보았다.

어쩌다 이렇게 된 것일까. 모든 게 싫어졌다. 두꺼비 아저씨도 싫고, 내 처지도 싫고, 세상도 싫었다.

"심박이 너무 느린데……. 다리를 들어서 위아래로 움직여볼까요? 네, 됐습니다."

심전도 검사를 마친 의사가 잠시 병실을 방문한 다른 의사에게 말했다.

"대부분 대상자에게서 서맥이 나타났어요."

"음, 잘 지켜봐야 할 것 같아요."

그 말을 듣고도 아무 생각이 들지 않았다. 나 자신이 텔레비전 화면 속 인물처럼 느껴졌다.

가장 슬픈 작별 인사

오늘은 아침 일찍 눈이 떠졌다. 시계를 보니 아직 일곱 시도 채 되지 않았다. 다시 잠에 들기 어려울 것 같아 자리에서 일어나 가볍게 스트레칭을 할 생각으로 휴게실로 향했다.

'앗, 생선 선생이다.'

이른 아침인데도 휴게실에 생선 선생이 있었다.

나는 생선 선생에게 단단히 호구로 찍혀 한번 붙잡히면 적어도 한 시간 이상은 이야기를 들어야 했다. 이야기라고 해야 나를 깎아내리며 자신을 치켜세우는 자기 자랑이 대부분이었다. 그렇다고 해서 생선 선생을 마음 놓고 탓할 수만은 없는 게, 솔직히 말하자면 나 역시 자기 자랑을 전혀 하지 않는 편은 아니었기 때문이다. 스스로 생각해도 꼴불견일 때가 많았다. 이번 기회를 통해 타인이 자기 자랑 하는 걸 듣는 건 정말 고역이라는 것을 다시 한번 깨닫게 되었다.

나는 휴게실 문 앞에서 쭈뼛거렸다. 가능하면 생선 선생을 피하고 싶었다. 그렇다고 "이거, 미안해서 어쩌죠. 이야기를 더 듣고 싶지만 오늘 약속이 있어서……." 같은 변명을 할 수도 없는 노릇이었다.

여기서는 모두가 좁은 공간 안에 갇혀 있다. 그런 만큼 다들 누가 어디서 무엇을 하는지 알 수 있기에 변명이나 거짓말이 전혀 통하지 않는다. 마치 알고 싶은 게 있으면 무엇이든 보여준다는 용한 점쟁이의 유리구슬만큼이나 투명한 곳이다.

결국 요즘 유행한다는 인간관계 정리 기술에 따라 "당신은 자기 하고 싶은 말만 하고 내 말은 도통 들어주지 않으며, 당신의 자존감을 높이기 위해 나의 자존감을 짓밟는 등 내게 부정적인 영향만 끼칠 뿐 아니라, 그렇다고 당신을 알아둔다고 해서 앞으로 살아가며 내게 크게 득이 될 일도 없기에 나의 소중한 자존감을 지키고 귀중한 내 시간을 아끼며 온전한 나로 살아가기 위해 오늘부터 당신과

나의 인간관계를 정리하고자 합니다."라고 솔직히 말하는 수밖에 없었는데, 내가 생각하기에도 나는 호구 같은 면이 없다고 할 수 없는 사람이라 생선 선생이 그런 말을 들었을 때 받을 마음의 상처를 생각하니 도저히 그렇게 말할 수가 없었다.

하지만 하루를 생선 선생과의 만남으로 시작하기는 싫었다. 마침 생선 선생은 창가 옆 책상에 앉아 무언가를 열심히 하고 있는 중이라 다행히도 아직 내가 휴게실로 들어선 것을 눈치채지 못한 것 같았다. 평소에는 호기심이 무척 많은 나지만 지금은 그가 무엇을 하고 있는지 전혀 궁금하지 않았다.

생선 선생이 눈치채기 전에 서둘러 돌아서려는데 생선 선생이 "어엇? 형씨." 하고 밝게 인사했다.

'아, 안 돼.'

"흐흐흐, 오셨으면 기척이라도 하시지. 그다지 중요한 걸 하는 것도 아니었는데. 자 자, 괜찮으니까 얼른 이리 오세요."

호구는 어쩔 수 없이 생선 선생에게 다가갔다. 생선 선생의 커다란 눈이 무엇을 하고 있었는지 제발 물어봐달라고 호소하고 있었다.

"뭐 하고 계셨어요?"

호구는 생선 선생의 간절한 눈빛을 이기지 못하고 물어보았다.

"저 오늘 퇴원해요."

"와, 잘됐네요! 정말 고생 많으셨어요."

호구는 진심을 담아 기쁜 목소리로 말했다.

"그래서 잡기장에 소감을 적고 있었어요. 한번 읽어볼래요?"

생선 선생이 잡기장을 건넸다. 잡기장 한 면이 작은 글씨로 빼곡했다.

―벌써 10년 넘게 임상시험에 참가하고 있다. 그만두려 해도 그만둘 수 없다.

첫 문장을 읽었을 뿐인데 호구는 벌써 가슴 한구석이 아파와 방금까지 그를 피하려 했던 자신을 탓했다.

첫 문장 다음부터는 불만 사항이 이어졌다.

―밥이 정말 맛이 없다. 예전에는 병실마다 텔레비전이 있었는데 왜 지금은 없앴느냐? 도로 가져다 놔라. A 의사는 매우 불친절하다. B 간호사는 살 좀 빼라. 살이 뒤룩뒤룩 쪄서 영 보기 싫다. C 간호사는 사람을 마치 벌레 취급한다. 생긴 건 꼭 부엉이를 닮은 게. 의사와 간호사는 들어

라. 너희가 여기서 돈 받고 일하는 게 누구 덕분인 줄 아느냐? 자기 몸을 희생하며 시험에 참가하는 우리 시험 대상자 덕분 아니더냐. 제약회사로부터 그렇게 돈을 많이 받으면서 우리에게는 고작 이런 대우냐? 더는 우리를 착취하지 말라. 우리의 인권을 보장하고 돈을 더 지급하라. 시험 대상자들이여, 흩어지면 죽고 뭉치면 산다. 단결 투쟁하라!

"어때요?"

생선 선생은 칭찬을 바라는 눈빛으로 호구에게 물었다.

'사실 저는 뭐든지 잘 먹는 편이라 그런지 몰라도 솔직히 이 정도 밥이면 나쁘지 않다고 생각해요. 그리고 병실마다 텔레비전이 있으면 저처럼 조용히 쉬고 싶은 사람에게는 오히려 방해되지 않을까요? 텔레비전을 보고 싶으면 휴게실에서 보면 되는 일이고, 요즘은 휴대폰이나 노트북으로도 방송을 볼 수 있잖아요. 마음에 들지 않는 의사나 간호사가 있으면 이런 건 고쳐주면 좋겠다고 그 사안에 대해서만 건의하면 될 일이지 사람들이 다 보는 잡기장에 그와 상관없는 글을 써두는 건 옳지 않다고 생각해요. 특히 외모를 비하하는 건 인격 모독 아닌가요? 또 우리가 이 일을 강요받은 것도 아니고 우리가 선택한 일인데 착취당하

고 있다는 표현은 너무하지 않나요.'

호구는 마음속으로 생각했지만 "네, 구구절절 맞는 말씀입니다." 하고 대답했다. 이건 아닌 것 같다고 말한다고 해서 생선 선생이 호구 말을 듣고 생각을 바꿀 리도 없었고, 아침부터 괜한 말다툼을 하고 싶지도 않았다.

"선생님, 저는 이만 채혈하러 가봐야 할 것 같아요."

생선 선생의 이야기를 듣다 보니 어느새 시간이 흘러 채혈 시간이 되었다. 호구는 사실 이곳에 스트레칭을 하기 위해 왔지만 기지개 한번 켜지 못했다.

"그래요. 저는 조금 뒤에 퇴원합니다. 아, 오랜만에 바깥 공기 쐬면 너무 좋겠다. 어떻게 여기서 3주를 더 있어요? 정말 힘들겠다, 흐흐흐."

"걱정해주셔서 감사합니다. 전 괜찮아요, 선생님. 그동안 수고 많으셨어요."

"오늘 밤에 저는 형씨가 비싸서 못 먹는다는 비비큐나 교촌치킨을 먹을 겁니다, 흐흐흐. 맛있겠죠? 형씨가 좋아하신다는 위스키도 한잔해야겠다, 발렌타인 17년산으로다, 흐흐흐."

나는 생선 선생의 마지막 말을 듣고 마음이 아팠다. 지금껏 나를 이토록 슬프게 한 작별 인사는 없었다.

"그동안 정말 고생 많으셨는데 오늘 돌아가시면 맛있는 거 많이 드세요."

나는 혹시라도 얼굴에 슬픈 표정이 드러날까 싶어 인사를 다 마치기도 전에 얼른 돌아섰다.

뒷담화를 하는 이유

이제 이곳 병원 생활도 제법 익숙해졌다. 왼팔에 멍든 주사 자국이 늘어나는 만큼 주삿바늘이 피부를 찌르는 고통은 그만큼 무뎌졌다. 처음 약을 먹었을 때는 몸과 정신의 급격한 변화에 적잖이 놀랐지만 이제는 그것 역시 내 인격의 일부가 되었다.

내 나름대로의 계획도 생겼다. 아침 9시 48분에 약을 먹는다. 간단한 스트레칭을 하고서 의미 없이 복도를 걸어다닌다. 병실로 돌아와 책을 읽는다. 책 내용이 눈에 안 들어오면 글을 쓰고, 글이 잘 써지지 않으면 외국어를 공부한다. 그러다 보면 어느덧 식사 시간이다. 식사를 마치면 다시 의미 없이 복도를 돌아다니는 일을 시작으로 앞에서 한 일을 잠에 들기 전까지 반복한다.

저녁 식사를 마치고 의미 없이 복도를 거닐고 있을 때였다.

"안녕하세요?"

대장염 선배가 살갑게 인사를 했다.

"안녕하세요?"

나도 반갑게 인사했다.

"저기…… 우리 병실에 있던 대상자 한 명이 오늘 퇴원했어요."

대장염 선배가 주위를 살피더니 혹시라도 누가 들을까 목소리를 낮추며 말했다.

"네? 부작용 때문인가요?"

나는 깜짝 놀라서 물었다.

"부작용은 아니고요, 그 사람 처음 입원할 때부터 이상했어. 병원 이곳저곳을 돌아다니며 사진 찍는 건 예사고, 대놓고 간호사들 사진도 찍었어요. 간호사들이 찍지 말라고 했는데도 계속 찍었다니까요. 그뿐만이 아니에요. 제가 밤에 화장실을 자주 가는 편이거든요. 제가 잠을 깊게 못 자요, 워낙 예민한 성격이라. 하루는 새벽 세 시쯤인가 일어났는데 세상에나, 그 사람이 자고 있는 다른 시험 대상자 옆에 서서 얼굴을 가까이 댄 채 들여다보고 있는 거예요. 정말 섬뜩했어요. 너무 무서워서 화장실도 못 가고 침대에 그대로 누워 있었다니까요. 그 사람이 나한테도 올까 봐 얼마나 걱정한 줄 알아요? 그런 일이 계속되다 보니 병원에서 참다못해 나가라고 한 거예요. 나도 여기 시험 대상자로 왔지만 여기 오는 사람들 중에는 정말 이상한 사람이 많아요. 그쪽 병실은 어때요?"

"저희는 서로 말을 안 해서 아직 어떤 사람들인지 잘 모르겠어요."

"우리가 지금 하는 것처럼 기간이 긴 연구에 참가하는 사람들은 다들 어느 정도 경험이 있는 사람이에요. 그러니 다들 아는 거예요. 임상시험에 참가하는 사람 중에는 이상한 사람이 정말 많다는 거. 이상한 사람이 아니더라도 여기서 만난 사람과 친해진다 한들 사회에 나가서 그 사람에게 득 볼 일이 뭐 있겠어요? 여기 오는 사람들 모두 힘없는 사람들인데. 그러니 여기서는 굳이 서로 알고 지낼 이유가 없다고 생각하는 거예요. 저는 원체 말하는 걸 좋아해서……. 그렇다고 아무에게나 말을 거는 건 아니에요. 저도 사람을 가려요. 어릴 때는 외모로 사람 판단하는 건 굉장히 나쁘다고 생각했는데 이제는 사람 얼굴만 봐도 대충 어떤 사람인지 알 수 있어요. 아이고, 이런 말 하는 거 보니까 나도 이제 나이가 들었나 봐. 하여튼 제가 하고 싶은 말은, 그쪽은 딱 보니 정상 같더라고요."

"아이고, 감사합니다. 하하하."

나는 크게 웃으며 답했다. 모두가 비정상이라 손가락질 하는 나를 두고 정상 같다고 하다니. 대장염 선배는 좋은 사람 같지만 사람 보는 눈은 정말 없는 것 같았다.

그나저나 대장염 선배의 이야기를 듣고 나니 오늘 잠은 다 잔 것 같다. 자다가 눈을 떴는데 두꺼비 아저씨가 얼굴을 가까이 댄 채 나를 바라보고 있다면……. 윽, 생각만 해도 무섭다.

"시험 대상자가 중간에 이렇게 나가버리면 그 데이터는 폐기한다고 하더라고요. 그런데도 시험 대상자에게 지금껏 참가한 만큼의 돈을 줘야 하니 병원이나 제약회사 입장에서는 큰 손해죠. 그래서 이런 식으로 나가게 되면 병원에서는 그 사람을 블랙리스트에 올린다고 해요. 그래도 시험 참가자가 모자랄 때면 아쉬운 대로 또 쓰겠지만."

"네? 이곳에도 블랙리스트가 있어요?"

"그럼요. 무료 건강검진만 받고서 그만두는 사람도 있으니까요. 비용만 30만 원 정도 된다고 해요."

"사실 저도 이 기회에 오랜만에 건강검진을 받을 수 있어서 좋았어요."

"그렇죠? 이럴 때 아니면 우리 같은 사람들이 언제 건강검진을 받겠어요. 그나저나 그쪽 병실엔 이상한 사람 없어요? 서로 이야기를 안 한다고 해도 이상한 사람은 있을 거 아니에요."

"그게……."

"있구나. 있죠? 있으니깐 뜸 들이지. 그러지 말고 말해 봐요."

"그게……."

"어휴, 그게 뭐 어렵다고 사람 답답하게……. 얼른 말해 봐요."

나는 뒷담화를 하지 않는다. 언론사와 싸운 이후로 나와 연락을 끊은 사람들이 나를 두고 비정상인 사람이라며 여기저기서 뒷담화를 하고 다닌다는 말을 많이 들었기 때문이다. 하고 싶은 말이 있으면 직접 와서 할 일이지, 제삼자에게 가서 험담을 하는 건 구차하고 옹졸한 짓이라 생각했다. 그렇기에 나는 앞으로는 결코 뒷담화를 하지 않겠노라 굳게 다짐했다. 하지만 대장염 선배가 자꾸 옆구리를 찌르길래 결국에는 나도 모르게 구차하고 옹졸하게도 그런 사람이 하나 있다고 실토하고 말았다.

"거봐, 있잖아요. 말해봐요. 대체 어떤 사람이에요?"

대장염 선배가 호기심이 가득 찬 눈을 하고서 목소리를 낮추며 물었다.

"제 옆 사람이 밤에 처치등을 켜놓고 늦게까지 노트북을 해요."

나는 누가 들을까 주변을 두리번거린 뒤 손으로 입을 가린 채 속삭이듯 말했다.

"밤에 노트북 하는 것도 모자라서 처치등을 켜놓는다고요? 정말 심했다. 뭐라고 하시지."

"뭐라 해서 들을 사람 같지 않더라고요. 말이 통할 사람이면 애초에 그런 행동을 하지도 않죠. 의사나 간호사한테 신경질도 자주 내고, 반말에다 욕까지 한다니까요."

대장염 선배가 맞장구를 쳐주자 나도 모르게 술술 험담이 쏟아져 나왔다.

"정말요? 심하다. 잘했어요. 그런 사람한테는 말해봤자 감정의 골만 깊어져요. 제가 지금껏 임상시험에 참가하면서 싸움 일어나는 일을 정말 많이 봤어요. 여기, 주먹다짐도 꽤 자주 일어나요. 사회에서는 마음에 안 들면 서로 안 보면 그만이지만, 여기서는 좋든 싫든 함께 생활해야 하니까. 사실은 저도 요즘 제 왼쪽에 있는 사람이 밤늦게까지 노트북을 해서 고생하고 있어요. 밤에는 마우스 소리가 얼마나 크게 들려요? 더구나 제가 예민해서 잠을 잘 자지 못하는 사람이라 정말 고역이에요. 한번은 참다못해 제가 말했거든요. 그러면 안 하겠다고 해야 맞잖아요. 그런데 안 하겠다는 말은 하지 않고 좀 줄여보겠다는 거예요. 그래서 조금 줄이긴 했어요. 어휴, 그것만 해도 어디예요. 또 제 오른쪽에 있는 사람은 계속 가래를 뱉는데 매번 '카아아악! 퉤퉤!' 하고 시끄럽게 뱉어요. 얼마나 듣기 싫어요? 그래서 제가 좀 자제해달라고 했어요. 그랬더니 뭐라고 하는 줄 알아요? 자기도 일부러 그러는 게 아니라 어쩔 수 없다는 거예요. 그러면서 가래가 끓을 때마다 화장실을 갈 수도 없는 노릇 아니냐면서 저보고 좀 참으라는 거예요. 자기 때문에 남이 피해를 보면 미안한 감정을 가져야 하는데 상대방에게 왜 그런 것도 배려해주지 못하냐며 오히려 화내는 사람들이 많아요. 어떻게 자기 입으로 자기를 배려해달라고 말할 수 있는 거죠? 정말 뻔뻔하지 않아요?"

과연 그의 말대로다. 이기적이고 뻔뻔할수록 살아남는 사회다. 그러다 보니 정작 자신은 타인을 존중하지 않으면서 자신은 존중해달라는 이기적인 주장이 남발하는 사회가 되어버리고 말았다.

나는 공감한다며 고개를 크게 끄덕였다.

"그래도 그 사람은 처치등까지 켜고 노트북을 하진 않는데, 댁은 정말 고생이시네요."

대장염 선배가 이번에는 내가 안쓰럽다는 표정으로 말했다.

"어휴, 말도 마세요. 그뿐만이 아니에요."

대장염 선배가 공감을 해주니 나도 신이 나서 덧붙였다.

"네? 또 있어요?"

"그쪽은 가래죠? 이 사람은 빵구예요."

빵구라는 말에 대장염 선배는 그야말로 빵, 하고 웃음을 터뜨렸다.

"아니, 생각 있는 사람이라면 방귀 뀌는 일을 부끄럽게 여기고 주변 사람에게 미안하기도 해서 보통 사람 없는 곳에 가서 몰래 뀌고 오잖아요. 그런데 이 사람은 부끄러운 것도 미안한 것도 없어요. 오로지 자기밖에 몰라요. 방귀도 소리를 들어보면 알잖아요. 자기도 모르게 나오는 건지 아니면 자유의지로 뀌는 건지. 자기도 모르게 나오는 방귀면 이해하죠. 생리 현상이니까요. 그런데 이 사람은 방귀를 뀌고 싶으면 아무 거리낌 없이 뀐다니까요. 아예 제 쪽을 향해서 엉덩이 한쪽을 들고 뿌아아앙 하고 시원하게 뀌어요."

"밤에 그런다고요?"

"아니요, 밤낮을 가리지 않아요. 한두 번이 아니에요. 하루 종일 얼마나 뀌어대는지……."

"너무했다 정말."

시간 가는 줄도 모르고 병실 사람들 뒷담화를 하다 보니 어느새 소등 시간이 되었다. 뒷담화를 하며 더욱 친해진 우리는 헤어져야 할 시간이 되자 아쉬운 감정을 가득 담아 서로에게 잘 자라며 인사하고는 각자의 병실로 돌아갔다.

자기 전 침대에 누워 가만히 생각해보았다. 나 역시 오늘 누군가의 뒷담화를 해버렸기에 나를 두고 뒷담화를 하는 사람들을 더는 탓할 수 없는 처지가 되고 말았다는 사실을 깨닫게 되었다. 하지만 후회되지는 않았다. 남을 탓할 이유 하나가 사라져 오히려 마음이 홀가분했다. 나를 두고 뒷담화를 하며 그들이 마음의 짐을 덜 수 있었다면 그건 또 그것대로 좋은 일이 아닌가.

모난 돌이 정 맞는다

"아야, 아야야."

귀염둥이 어린이가 주사가 아프다며 비명을 질렀다.

"어머, 그렇게 아파요?"

간호사가 화들짝 놀라 주사기를 빼며 물었다.

"오늘 너무 아파요. 왜 이러지? 죽겠어요. 아야, 아야. 아이고, 나 죽는다."

간호사는 굳은 표정으로 무슨 문제라도 있는 건 아닌지 주사기를 들어 바라보았다. 지금껏 아무렇지 않게 주사를 맞아오던 사람이 갑자기 곧 죽을 사람처럼 아프다고 소리를 내질렀기 때문이다.

"이상하네요? 주사기는 문제가 없는데……. 다시 찔러

볼게요."

"아야야야야. 너무 아파요."

귀염둥이 어린이의 비명에 표정이 굳은 사람은 간호사만이 아니었다. 앞으로 주사를 맞아야 하는 다른 시험 대상자들의 표정도 새파랗게 질려 있었다. 평소 채혈할 때면 여전히 게임을 하며 한쪽 팔만 무심히 내밀었던 두꺼비 아저씨도 오늘만큼은 노트북에서 눈을 떼고서 굳은 얼굴로 자신의 팔로 들어오는 주삿바늘을 바라보았다.

"으윽."

두꺼비 아저씨가 신음 소리를 내며 인상을 찡그렸다. 그걸 보고 나는 '아이고, 큰일이다. 오늘 진짜 뭔가 있긴 있구나.' 하고 생각했다.

간호사가 두꺼비 아저씨의 채혈을 마치고 내게 왔다. 간호사는 마치 귀신에게 홀린 듯한 얼굴로 팔을 덜덜 떨고 있었다.

주삿바늘이 쑥 들어왔다. 나 역시 긴장하고 있던 터라 나도 모르게 '으윽' 하고 신음 소리가 나왔지만 사실 평소보다 더 아프다고 말할 정도는 아니었다. 나는 다행이라 생각하며 그날 일을 대수롭지 않게 넘겼다.

하지만 귀염둥이 어린이는 다음 날도, 그다음 날도 주

사를 맞을 때마다 매번 아프다고 크게 소리를 내질렀다. 어느 간호사가 와도 마찬가지였다.

"아야, 아야. 아야야. 정말 너무 아파요. 으아아아아."

갑자기 왜 저럴까 생각해보다 귀염둥이 어린이가 주사를 두려워하기 시작한 전날 있었던 일이 떠올랐다.

그날은 아침부터 대소동이 있었다. 아침마다 하는 심전도 검사에서 귀염둥이 어린이에게 중대한 이상이 있다고 나온 것이다. 병동 내 의사들이 모두 모여 심각한 표정으로 데이터를 돌려가며 바라보았다. 이럴 리 없다며 몇 번이나 심전도 검사를 거듭하는 동안 귀염둥이 어린이의 얼굴은 새하얗게 질려 있었다.

"저 이제 큰일 난 건가요?"

귀염둥이 어린이가 잔뜩 걱정스러운 얼굴로 물었다.

"아니요. 기계에 무슨 이상이 있는 걸 거예요. 걱정하지 않으셔도 돼요. 이 결과가 정말 맞다면 이렇게 멀쩡하실 수가 없어요."

의사가 애써 쓴웃음을 지으며 말했다.

"저 지금 멀쩡하지 않아요. 머리도 아프고요, 가슴도 답답해요."

귀염둥이 어린이가 가슴을 움켜쥐며 말했다.

"괜찮을 거예요. 99퍼센트 기계 잘못일 거예요. 1퍼센트가 문제가 될 수도 있긴 한데, 그렇다면 정말 위험한 것이기는 하지만……. 너무 걱정 마세요. 기계 잘못일 거예요. 시험 대상자분이 문제 있을 확률은 아까도 말씀드렸지만 고작 1퍼센트예요."

나는 의사가 하는 말이 안심시켜주려는 것처럼 들리지 않았다.

사람이 체감하는 확률은 저마다 다르다. 성공한 삶을 살고 있는 의사에게는 1퍼센트의 확률이 결코 일어나지 않을 아주 작은 일처럼 느껴질 수 있지만, 평소 운이 따르지 않는 사람에게는 1퍼센트의 확률이라도 무척 크게 느껴질 수 있다. 임상시험에 참가한 사람들의 처지는 저마다 다르겠지만 분명한 것은 다들 운 좋은 사람이 아니라는 것이다. 운 좋은 사람이었다면 지금 이곳에 갇힌 채 무슨 부작용이 있을지 모를 신약을 투여받는 시험 대상자 신세가 되어 있지는 않았을 테니까.

검사는 오랜 시간 계속되었다. 그리고 마침내 '정상 데이터'가 나왔다. 어떤 의사는 크게 안도의 한숨을 내쉬고 어떤 의사는 환호성을 지르기도 했다. 기쁜 나머지 서로 하이파이브를 하는 의사들도 있었다. 의사는 홀가분한 얼굴로 이제는 조금도 걱정할 필요가 없다고 말했지만 귀염 둥이 어린이의 어두운 표정은 전혀 밝아지지 않았다.

귀염둥이 어린이가 주사를 두려워하기 시작한 건 그날 부터였다. 귀염둥이 어린이는 그날 이후 유독 많이 잤다. 말 그대로 '먹고 자고'란 말이 딱 어울렸다. 또 지금껏 어떤 불평불만 없이 잘 지내왔는데 갑자기 요구 사항이 많아졌 다. 지금 시험 대상자들의 몸 상태가 좋지 않으니 위생에 더욱 신경을 써야 한다, 그러니 환자복을 일주일에 한 번 씩만 교체해주는 건 위험하다며 환자복은 3일에 한 번씩, 침구는 일주일에 한 번씩 새것으로 교체해달라고 했다.

간호조무사는 처음 그 말을 듣고는 그럴 필요까지는 없 다며 귀염둥이 어린이의 요구를 딱 잘라 거절했다. 하지만 귀염둥이 어린이는 포기하지 않고 끈질기게 요구했다.

"알았어요. 알았다고요, 어휴. 알았으니까 이제 그만하 세요. 자, 모두 들으세요. 침구를 갈고 싶은 분은 지금 바로 베갯잇과 침대 시트를 빼주세요. 귀찮은 분은 굳이 갈지 않아도 돼요. 갈길 원하는 분만 빼주세요. 다시 말하지만 강요 사항이 아니라 선택 사항이니 힘들고 귀찮으면 안 바 꿔도 돼요."

간호조무사가 불만 가득한 목소리로 비꼬듯 소리쳤다.

시험 대상자들은 모두 하던 일을 멈추고서 베갯잇과 침대 시트를 빼기 시작했다. 두꺼비 아저씨조차 게임을 중단하고 노트북을 덮더니 일어나서 시트를 뺐다. 귀염둥이 어린이가 침구를 교체해달라고 요구할 때마다 옆에서 그럴 필요까지는 없을 것 같다며 부정적인 의견을 피력했던 공시생도 군말 없이 시트를 뺐다.

모두가 침대 시트를 빼는 모습을 본 간호조무사는 영 마음에 들지 않는다는 듯 얼굴을 찡그렸다. 까다로운 귀염둥이 어린이 말고는 다들 시트를 갈지 않으리라 생각했던 것이다.

"아니, 댁은 집에서도 일주일에 한 번씩 이불을 갈고 그래요?"

간호조무사가 잔뜩 화난 목소리로 마침 옆에서 침대 시트를 빼고 있던 근육 이방에게 따지듯 물었다.

"네?"

근육 이방이 의아한 표정을 지었다.

"아니, 나는 집에서도 침구를 일주일에 한 번씩 갈지 않거든. 그런데 무슨 침구를 일주일에 한 번씩 갈아달라고 해? 그렇지 않아요?"

"네?"

근육 이방은 '갑자기 무슨 뚱딴지같은 소리냐, 나는 그 쪽에서 먼저 침구를 갈아준다고 해서 시킨 대로 한 것뿐인데 왜 그런 말을 하냐'는 듯 어처구니없다는 얼굴로 간호조무사를 쳐다보았다. 그도 그럴 것이, 근육 이방은 자기일 외에는 전혀 관심을 가지지 않는 사람이었다. 온종일 귀에 이어폰을 꽂고서 스마트폰 화면만 바라보았다. 그래서 오늘 침구를 새것으로 바꾸게 된 것이 귀염둥이 어린이의 지속된 요구 때문이라는 것을 모르고 있었던 것이다.

　나 역시 집에서 일주일마다 침구를 새것으로 교체하지 않는다. 그래도 산뜻하고 향긋한 세제 향이 남아 있는 뽀송뽀송한 침구와 깨끗한 환자복은 언제든 좋다. 새것으로 갈아준다는데 거절할 이유가 없다. 더구나 이토록 좁고 무료한 곳에 오래 갇혀 있으면 이런 소소한 일이 가져다주는 행복이 무척이나 크게 느껴진다.

　귀염둥이 어린이 덕분에 병실 사람 모두가 혜택을 받게 되었지만, 안타깝게도 귀염둥이 어린이는 이번 일로 간호조무사들 사이에서 완전히 찍혀버리고 말았다.

사람은 애처롭고도 우스운 존재

시험 대상자들의 침대 옆 작은 테이블에는 대상자의 피를 담을 시험관과 몸 상태를 기록하는 관찰기록부가 함께 놓여 있다. 백과사전처럼 두꺼운 관찰기록부에 오늘 채혈 검사 데이터가 새롭게 추가되었다.

가장 눈에 띄는 건 백혈구 수치였다. 약을 투여한 첫째 날 백혈구 수치가 크게 낮아졌다. 그 뒤로도 점진적으로 내려가 투약하기 전보다 반나마 낮아져 정상 기준에도 못 미쳤다. 그런데도 아직 여섯 번이나 더 약을 먹어야 했다.

정상 기준보다 낮아진 백혈구 수치를 눈으로 직접 확인한 순간부터 몸 상태가 급격히 나빠졌다. 온몸에 힘이 쭉 빠지고, 늘 가슴이 답답해 한 번씩 크게 숨을 들이마셔야 했다. 아무 생각도 하지 않고 멍하게 지내는 시간이 점점 늘어났다. 갑자기 눈앞에 섬광이 나타나기도 했다.

플라시보 효과인 것일까, 아니면 진짜 아픈 것일까? 내가 현재 겪고 있는 아픔이 실존적인 아픔인지 허구적인 아픔인지 분간할 수 없었다. 지금껏 나를 잘 알고 있다고 생각해왔던 건 실제로 나 자신을 잘 알고 있던 것이 아니었다. 그저 내가 처한 상황을 잘 알고 있을 뿐이었다. 새로운 상황에 처하게 되자 나는 나를 알 수 없게 되었다. 반면 그동안 다른 처지에 놓여 있어 이해할 수 없었던 귀염둥이 어린이를 비로소 이해할 수 있게 되었다.

그동안 사람의 말이나 행동만을 두고서 이해하지 못할 사람이라고 쉽게 판단해왔던 나 자신이 어리석게 느껴졌다. 사람을 이해한다는 건 실은 그 사람이 처한 상황을 이해하는 것이거늘…….

처음에는 병원에서 나오는 식사를 맛있게 다 먹었지만 어느 순간부터는 반을 남겼다. 이곳에서는 움직일 일이 거의 없다 보니 배가 고프지 않았다. 더구나 처음에는 맛있던 병원 밥이 갈수록 맛없게 느껴졌다. 밥이 바뀐 건 아니다. 처음 그대로다. 그게 문제였다. 모든 것이 철저히 통제되어 변화라는 것이 좀처럼 일어나지 않는 이곳 환경만큼이나 식사 역시 변화가 없었다. 건강식이라 맵지도 짜지도 달지도 않은 데다 메뉴도 다양하지 않아 이틀이 멀다 하고 똑같은 메뉴가 반복되었다. 시간이 지날수록 내가 먹는 게 밥이 아니라 사료처럼 느껴졌다. 허기가 느껴질 때만 밥을 먹었고, 허기가 사라지면 숟가락을 내려놓았다.

하지만 이제는 상황이 달라졌다. 백혈구 수치가 낮아지고 있는 것을 눈으로 직접 확인하자 이제는 사료라도 열심히 먹어 사라져가는 백혈구를 지켜야겠다고 생각했다. '살기 위해 먹는다'라는 말은 이런 경우를 두고 하는 말이 아닐까 하는 씁쓸한 생각을 곱씹으며 오늘도 사료를 먹기 위해 풀 죽은 강아지처럼 휴게실로 향하던 중이었다.

다른 연구 병실 앞을 지나는데 평소와 달리 문이 굳게 닫혀 있었다. 궁금한 마음에 슬쩍 문에 달린 작은 창을 통해 안을 들여다보았다. 그 안에서는 눈으로 보고도 도저히 믿을 수 없는 일이 벌어지고 있었다. 시험 대상자들이 버터를 발라 구워 윤기가 자르르 흐르는 햄치즈토스트와 바싹하게 구운 베이컨, 그리고 흰 우유를 곁들인 근사한 식사를 하고 있었다.

'아니, 뭐야? 이렇게 시험 대상자를 차별하는 경우가 어디 있나? 내가 토스트를 얼마나 좋아하는데……'

병실 문을 닫아놓고 자기들끼리만 몰래 모여 앉아 맛있는 식사를 하고 있는 모습을 부러운 눈으로 바라보며 참 너무한다고 생각하고 있을 때였다.

"저건 고지방증 신약 시험이라서 그래요."

대장염 선배가 다가와 말했다.

"고지방증 신약 테스트는 우리와 달리 고열량 식사를 해야 해요. 그래서 식단이 우리와 조금씩 다른 데다 중간중간 간식도 나오는 거예요."

"와아, 정말 부럽네요. 그런 줄 알았으면 대장염 하지 말고 고지방증 할걸."

이 순간만큼은 내가 고지방증이 아니라 대장염인 게 정말 후회되고 억울했다.

"에이, 부러워할 일이 아니에요. 우리는 병원에서 주는 식사를 먹고 싶은 만큼만 먹어도 되지만 저 사람들은 조금이라도 남기면 안 돼요. 보세요. 간호사가 시험 대상자들 앞에 서 있죠? 시험 대상자들이 혹시라도 음식을 남기거나 숨길까 봐 다 먹을 때까지 감시하는 거예요. 우리가 약을 먹지 않고 숨길까 봐 입안을 구석구석 검사하는 것처럼요."

"그래도 저런 식단이라면 해볼 만하겠는걸요. 점심에는

햄버거, 저녁은 치킨이나 피자 같은 게 나오겠네요?"

"그렇지 않아요. 제가 해봤는데 식사는 우리와 비슷해요. 그 대신 중간에 간식을 더 줘서 부족한 열량을 채우는 거예요. 빵 같은 거 말이에요. 글쎄요, 저는 먹는 걸 그리 좋아하지 않아서 매번 주는 걸 억지로 꾸역꾸역 다 먹어야 하는 게 정말 힘들었어요. 가끔 새로운 유산균을 시험하는 임상시험도 있거든. 그건 자격 요건이 뭔지 아세요? 일주일에 세 번 이상 변을 눌 수 있는 게 자격 요건이에요. 변을 채취해야 하거든요. 또 어떤 건 콧줄을 해야 하는 것도 있고."

"저는 콧줄은 못 할 거 같아요. 가슴에 뭘 잔뜩 붙이는 것도 상당히 성가신데."

"아니에요, 콧줄은 의외로 할 만해요. 처음 콧줄을 집어넣을 때만 헛구역질이 나고 눈물이 나지, 일단 콧줄을 꽂고 나면 몇 시간 동안만 불편하고 그 뒤로는 크게 불편하지 않아요. 돈은 다른 시험보다 많이 주는데 말이에요. 뭐, 그 외에도 배에다 바로 주사를 놓는 것도 있고, 계속 링거를 맞고 있어야 하는 것도 있고, 시험 종류에 따라 각양각색이에요."

"그나저나 약 끊고 나니깐 어때요? 백혈구가 돌아오는

게 느껴지나요?"

나보다 9일 먼저 임상시험을 시작한 대장염 선배는 지금은 투약이 끝나고 투약이 끝난 후의 신체 변화를 측정하고 있는 단계였다.

"글쎄요, 투약을 끝낸 후의 검사 결과는 알려주지 않아서 나아지고 있는 건지 어떤지는 아직 알 수 없어요. 그래도 이제 약을 먹지 않아도 된다는 것만으로도 안심이에요. 사라졌던 백혈구들이 빨리 돌아와야 할 텐데……."

"백혈구가 돌아오지 않는 건 아니겠죠?"

"정말 돌아오지 않으면 어떡하죠? 솔직히 말해서 이제는 임상시험 참가 못 할 거 같아. 예전에 참가한 시험들은 정말 아무 이상 없었거든요. 오히려 술도 안 마시고 규칙적인 생활을 하다 가니까 몸이 좋아졌지. 그런데 이번 거는 몸의 변화가 확실하게 느껴져요. 몸도 안 좋아지고 사람 불안하게 만드는 일들도 계속 생기고. 나 이제 불안해서 앞으로는 임상시험 못 할 거 같아요. 지금껏 오래 해왔으니 그만둘 때가 된 거 같아요."

대장염 선배가 한없이 걱정스러운 표정으로 말했다.

"백혈구, 백혈구…… 정말 큰일이에요."

"백혈구, 백혈구…… 돌아와야 할 텐데."

우리는 백혈구라는 단어를 되뇌며 걱정하는 서로의 얼굴을 애처롭게 바라보다가 그 모습이 너무도 우스워 보여 누가 먼저랄 것도 없이 크게 웃음을 터뜨렸다.

장마와 산책

시험 대상자는 임상시험에 참가하는 동안 정해진 공간 밖으로 나갈 수 없다. 창문도 열지 못해 바깥 공기조차 쐴 수 없다. 이토록 철저한 통제를 하지 않는다면 시험 대상자가 혹시라도 병에 걸리거나 특이 증상을 보일 때 그 원인이 약에 의한 건지, 아니면 외부의 영향인지 알 수 없기 때문이다.

하지만 여기서 문제가 생긴다. 죄를 짓고 교도소에 있는 죄수에게조차 바깥 공기를 쐬게 해준다. 임상시험 대상자들은 죄를 짓고 이곳에 온 것이 아니다. 금전적 보상을 받긴 하지만 수많은 사람을 살릴 신약을 완성하기 위해 위험 속에 자신을 던져 희생하는 사람들이다. 이들이 과연 죄를 지은 사람보다 못한 대우를 받아서야 될 일인가. 그런 이유로 시험 대상자의 인권에 대한 이야기가 나오기 시작해서 얼마 전부터는 장기 입원 시험 대상자들에 한해 간단한 산책을 시켜주기 시작했다고 한다.

예정대로라면 한 달간의 임상시험 기간 중 반이 지난 나흘 전 산책을 나가야 했다. 하지만 그날 날씨는 우중충한 데다 미세먼지까지 심했다. 단 한 번 나갈 수 있는 산책인데 이왕이면 화창한 날에 나가자며 다음날로 미루었다.

그 뒤로 계속 비가 내렸다. 마침내 오늘 비가 그치긴 했지만 여전히 어두운 구름이 하늘을 가득 덮고 있었다. 처음 바랐던 화창한 날씨와 거리가 멀었다. 그래도 더는 산책을 미룰 수 없었다. 언제 다시 비가 내릴지 모를 일이다. 장마가 시작되었다는 보도도 있었다.

"자 자, 지금 산책 나갈 거예요. 나가실 분?"

오후 4시, 의사가 병실로 찾아와 말했다. 그 말에 모두들 외출 준비를 했다.

두꺼비 아저씨와 공시생 역시 아무 말 않고 외출 준비를 했다. 의외였다. 일주일 전쯤 의사가 일정 중에 산책이 예정되어 있다고 말했을 때 두꺼비 아저씨와 공시생은 산책 나가는 일에 부정적인 반응을 보였었다. 두꺼비 아저씨는 노트북에 시선을 고정한 채 "귀찮은데 그거 꼭 나가야 해요?"라고 말했고, 공시생은 한술 더 떠서 "그렇죠? 산책 같은 거 우리 다 같이 하지 말죠?"라고 제안했다. 공시생은 늘 이런 식이었다. 뭐든 부정적인 데다가 하기 싫으면 자기만 하지 않으면 될 일이지 꼭 다른 사람을 끌어들였다. 의사는 다 같이 나갈 필요는 없으니 나가고 싶은 사람만 나가고 나가기 싫은 사람은 나가지 않아도 된다고 말했다. 그랬던 두꺼비 아저씨와 공시생이 군소리 없이 산책 나갈 준비를 하는 모습이 우스워 보였다.

시험 대상자 다섯 명이 의사 뒤를 졸졸 따라 유리 자동문에 이르렀다. 의사가 자동문 앞에 서서 지문인식기에 손을 대자 굳게 닫혀 있던 문이 열렸다. 지금껏 나갈 수 없던 '금지 구역'의 문이 열리자 다들 감격에 젖은 얼굴이다. 귀염둥이 어린이는 환하게 웃으며 손뼉까지 쳤다.

병원 건물을 벗어나 오랜만에 활짝 열린 세상을 만났다. 사람들은 오늘 날씨를 두고 '잔뜩 흐림'이라고 말하겠지만 2주일 넘게 건물에 갇혀 있다 나온 내가 본 오늘의 날씨는 '무척 맑음'이었다.

흰색 일색인 병원 공간과 달리 바깥세상은 여러 가지 색깔이 조화를 이루고 있었다. 검은색, 빨간색, 파란색, 노란

색…… 다채로운 색깔의 향연에 절로 눈이 휘둥그레졌다.

"자, 이제부터 병원을 한 바퀴 돌고 들어갈 거예요. 오늘 날씨 너무 좋죠? 비가 와서 그런지 공기도 맑고 덥지도 않고. 저는 오히려 흐린 날씨가 좋더라고요."

의사가 환하게 웃으며 말했다.

그동안 피로에 젖은 무표정한 얼굴만 보아왔지 저처럼 활짝 웃는 모습은 처음 보았다. 의사들은 늘 하얀 가운을 입고 있어서 대개 실제 나이보다 많아 보이기 마련이다. 평소에는 늘 "어디 불편하신 곳은 없어요?"라고 물어오던 근엄한 의사가 날씨 이야기를 꺼내니 분명 나보다 나이가 많을 거라 생각했던 그녀가 갑자기 앳되게 보였다.

"아, 바람이 익숙하지 않아요. 바람이 이런 거였구나. 그동안 잊고 있었어."

근육 이방이 두꺼운 이두박근을 이완해 펼쳐 보이며 마치 소녀처럼 말했다.

"그러고 보니 병원 안에서는 바람이 불지 않는군요."

근육 이방의 말에 그녀는 그동안 생각하지 못했던 것을 깨달았다는 듯이 진지한 표정으로 말했다.

"그리고 이 거리의 냄새. 평소에는 아무렇지 않게 넘겼던 냄새들인데 지금은 너무나 크게 다가와요."

근육 이방은 감격에 겨운 얼굴이었다.

오랜만에 접하는 세상을 낯설게 받아들이는 건 근육 이방만이 아니었다. 다들 신기한 듯 사방을 두리번거리고 있었다.

"안에서만 지내다 밖으로 나오면 정말 그럴 수도 있겠네요. 안에서 생활하는 건 어때요? 괜찮아요? 지루하진 않아요?"

그녀는 얼마 전 이곳에 새로 온 신입 의사다. 시험 대상자들의 산책 담당을 맡게 된 것은 아마 신입인 이유 때문일 테다.

"나쁘지는 않은데요. 뭐랄까, 딱히 나쁜 건 없는데 딱히 설명하긴 어려워요. 군대와는 또 다른 것 같아요."

근육 이방이 답했다.

"죄송해요. 저는 군대를 다녀오지 않아서……."

그녀가 난감한 얼굴로 말했다.

"아, 그렇겠네요."

근육 이방 또한 난감한 얼굴로 답했다.

"힘든 건 없나요? 식사는 괜찮나요?"

그녀가 화제를 돌렸다.

"맛있는 건 아닌데 그렇다고 나쁘지도 않아요. 다만 단

것이 많이 당겨요. 그렇지 않아요?"

근육 이방이 마침 옆에 있던 내게 불쑥 동의를 구했다.

"맞아요, 단게 많이 당기죠."

내가 맞장구를 쳐주었다.

"저는요, 식사와 함께 나오는 요구르트가 없었다면 중간에 포기했을지도 몰라요. 저당 요구르트라는데 이상하게 일반 요구르트보다도 훨씬 더 달게 느껴지지 않아요? 저한테는 이곳에서의 유일한 낙이에요."

근육 이방이 저토록 요구르트를 좋아하는지 몰랐다. 우락부락한 몸을 지닌 그가 고작 엄지손가락만 한 작은 요구르트에 그토록 큰 행복을 느끼고 있었다니. 다음부터 근육 이방이 요구르트를 마실 때면 절로 눈이 갈 것 같았다.

"저는 맛없어요. 반찬에 비해 밥이 너무 많아요. 그리고 생선이 너무 자주 나와요."

뒤에서 말없이 따라오던 귀염둥이 어린이가 투정하듯 말했다.

"에구, 그랬어요?"

그녀가 '우쭈쭈' 하고 아이 어르듯 말했다.

"네. 생선 대신 햄이나 소시지가 나오면 좋겠어요. 생선은 너무 맛이 없어요."

"에구, 그랬구나."

그녀는 귀염둥이 어린이의 말에 공감한다는 표정을 지으며 고개를 끄덕였다.

"네, 그랬어요. 히히."

앞으로 생선 대신 햄이나 소시지가 나올 거라는 답을 받아낸 것도 아닌데 귀염둥이 어린이는 그녀가 자신의 말에 공감해준 것만으로도 만족했는지 싱글벙글했다.

"저는 시험 대상자로 생활하면 어떤 기분일까 늘 궁금했어요."

그녀가 흐린 하늘을 올려다보며 말했다.

"그럼 휴가를 내시고 시험에 한번 참가해보시는 건 어때요?"

내가 제안했다.

"아, 그건 싫어요. 저도 단것을 좋아해서……."

그녀는 순간 시험 대상자가 된 자신의 모습을 상상해본 것 같았다.

"의사 생활은 어떤가요? 괜찮아요?"

이번에는 내가 물어보았다.

"글쎄요. 지금껏 이쪽으로만 공부를 해온 까닭에 할 줄 아는 게 이 일밖에 없어서 일단 하고 있는 거긴 한데요, 취미로 한 번씩 한다면 괜찮을 거 같기도 하지만 평생 이 일만을 계속해야 한다는 생각이 일을 재미없게 만드는 거 같아요."

그녀가 갑자기 슬픈 표정이 되어 말했다. 병원 안에서는 늘 무뚝뚝한 표정이었지만 바깥에서 보니 표정이 풍부한 여자였다.

병원 밖으로 나가는 정문을 지날 때였다.

"우리 저기 밖으로도 나가요."

귀염둥이 어린이가 병원 정문 밖을 손가락으로 가리키며 들뜬 목소리로 말했다.

병원 밖에서는 주말을 맞아 행사가 열리고 있었다. 각종 천막에서는 요란한 음악이 흘러나오고 있었고, 수많은 사람들이 휴일을 즐기고 있었다.

"이거 미안해서 어쩌죠? 그건 규정상 안 돼요."

그녀가 미안한 표정으로 말하자 귀염둥이 어린이는 순간 시무룩해졌다.

"그러고 보니 저 병원 정문이 마치 군대 위병소처럼 보이지 않아요? 하하하."

근육 이방이 크게 웃으며 내게 동의를 구하듯 물었다.

"정말 그러네요, 하하하."

나 역시 크게 웃으며 맞장구를 쳐주었다.

"제길, 전역하고 나면 이렇게 갇힐 일은 없을 거라 생각했는데……."

크게 웃던 근육 이방이 갑자기 슬픈 표정으로 말했다. 덩치에 어울리지 않게 감정 기복이 심한 듯했다. 너무도 슬픈 얼굴을 한 근육 이방 때문에 분위기가 가라앉아 한동안 누구도 쉽게 말을 꺼내지 못했다.

다른 시험 대상자들은 무엇을 하고 있나 뒤돌아보니 두꺼비 아저씨는 스마트폰을 붙잡고 게임을 하고, 공시생은 허세 가득한 목소리로 통화를 하며 우리를 뒤따라오고 있었다.

"아 참, 여기 아래 내려가면 맛있는 식당이 정말 많아요. 알고 보면 병원 내에도 맛집이라 부를 만한 집이 꽤 있어요."

그녀가 가라앉은 분위기를 깨기 위해 갑자기 생각난 듯 말했다.

"어디가 가장 맛있나요?"

나 역시 가라앉은 분위기를 깨고자 밝은 목소리로 물었다.

"글쎄요. 저는 빵을 좋아하는데, 여기 빵집이 정말 맛있어요."

"어떤 빵이 맛있나요?"

"정말 어려운 질문이네요. 으음, 저는 타르트를 좋아해요. 그중에서도 여러 가지 베리를 올린 베리베리타르트가 있는데요, 정말 맛있어요. 살찔까 봐 줄이려고 하는데 정신을 차려보면 어느덧 먹고 있는 거예요. 후유, 어떡하죠? 무슨 좋은 방법이 없을까요?"

그녀가 깊은 한숨을 내쉬며 말했다.

"그러니까 휴가를 내시고 시험에 한번 참가해보시라니까요. 그러면 단것을 먹을 일이 없잖아요."

내가 말했다.

"꺄아아악. 싫어요. 그건 정말 싫어요."

그녀는 소스라쳤다. 정말 싫은 것 같았다. 하지만 시험 대상자 앞에서 너무 싫은 티를 낸 것이 실례라고 생각했는지 곧 미안한 목소리로 덧붙였다.

"미안해요. 다른 게 아니라 단것을 못 먹는 게 싫다는 거였어요. 저는 단것을 정말 좋아하거든요."

병원을 크게 한 바퀴 돌고서 임상센터 건물로 돌아왔다.

"야아, 휴가 나왔다가 다시 부대로 돌아가는 느낌이네요."

근육 이방이 아쉬운 듯 건물로 들어서기 전 잠시 멈춰 서서 말했다.

우리는 건물로 들어가 엘리베이터를 타고서 임상센터가 있는 층에 도착했다.

그녀가 지문인식기에 손을 대자 자동문이 열렸다.

"히잉, 들어가기 싫어요. 너무 짧았어요. 또 나가고 싶어요. 내일 또 나가면 좋겠다. 내일 또 나가면 안 돼요?"

귀염둥이 어린이가 자동문을 지나 안으로 들어서며 칭얼대듯 말했다. 그 말에 단것 좋아하는 의사는 마치 무척이나 쓴 것을 먹은 듯한 표정을 지었다.

관상과 환경

잠에서 깨어났을 때 침대 위로 드리운 기분 좋은 아침 햇살이 온몸을 따뜻하게 데우고 있었다. 마치 천사들에게 둘러싸인 황홀한 느낌이었다. 평소대로라면 이른 아침부터 간호사들이 투약 준비로 분주히 움직이기 때문에 잠에서 깨자마자 곧장 자리에서 일어나야 했지만 오늘은 모처럼 찾아온 황홀한 기분을 조금이라도 더 만끽하기 위해 자는 척하며 그대로 침대에 누워 있었다. 그동안 간호사들이 비커에 약과 함께 먹을 물을 채우고 청소부 아줌마가 침대 주변 바닥을 청소했다. 점차 황홀한 기분이 사라지고 다들 바쁜 출근길 위에서 자고 있는 부랑자가 된 듯한 기분이 들어 결국 자리에서 일어날 수밖에 없었다. 염치없는 사람으로 보이기 싫은 마음에 어색한 기지개를 한 번 켜 보이고는 도망치듯 복도로 나갔다.

마침 대장염 선배가 복도에서 산책 중이었다.

"내일이면 나가시죠? 그동안 정말 수고 많으셨어요."

내가 웃으며 말을 건넸다.

"고마워요. 마침내 나가네요. 솔직히 그동안 너무 지겨웠어."

대장염 선배 역시 웃으며 말했다.

"내일 나가면 뭐 할 거예요?"

"바로 커피부터 한 잔 마시고 그다음에 떡볶이를 먹을 거예요. 제가 떡볶이를 정말 좋아하거든요. 앗, 미안해요. 내 정신 좀 봐. 먼저 나가서 어떡해. 아 참, 나가기 전에 내가 정보 좀 알려주고 가야겠다."

대장염 선배는 내게 임상시험에 관한 여러 정보를 알려주었다. 어느 병원 밥이 맛있는지, 어떤 임상시험이 힘들고 편한지, 그리고 어떤 임상시험이 돈을 많이 주고 적게 주는지……. 대장염 선배는 임상시험에 참가한 경험도 많고 살가운 성격 때문에 병원 사람들과도 가깝게 지내 임상시험에 관한 정보를 많이 알고 있었다. 대장염 선배가 없었다면 병원에서 별다른 말이 없었기에 중간 데이터가 나왔다는 것도, 백혈구 수치가 낮아지고 있다는 것도 모르고 넘어갔을 테다.

"정말 좋은 정보네요. 감사해요."

"그렇죠? 고맙죠? 어디 가서 이런 걸 듣겠어요? 제가 관심이 있어서 이것저것 찾아보고 여기저기 물어봐서 그렇지, 관심 없으면 아무리 많이 참가한들 아무것도 몰라요. 그거 알아요? 여기 오는 사람 중에는 자기가 어떤 시험에 참가하는지도 모르고 오는 사람도 정말 많아요."

"정말요?"

그러고 보니 생선 선생도 내가 무슨 약을 투약받고 있는지 물어보았을 때 모른다고 답했다. 생선 선생은 모른다고 말할 바에는 아예 거짓말을 하는 사람이었다. 세상 모든 것을 알고 있다고 주장하는 생선 선생이 정작 자기가 먹는 약은 무슨 약인지 모른다고 말해서 매우 의아하게 생각했었다.

"여기 오는 사람 중 열에 일곱은 자기가 무슨 약을 먹는지 모를 거예요."

"네? 그렇게나 많은 사람이 자기가 무슨 시험에 참가하는지도 모른다고요?"

"그러니까요. 참 답답해. 아무리 돈 벌려고 하는 거라지만 적어도 자기 몸에 어떤 약이 들어오고 어떤 반응이 일어나고 있는지 정도는 알아야 하는 거 아니에요?"

"그러게요. 놀랍네요."

"다들 관심이 없어요. 안다 한들 달라질 게 없다고 생각해서 그런 걸 수도 있겠지만 현실에 눈을 감는다고 그게 없는 일이 되나요? 현실이 암울할수록 더욱 현실을 알려고 해야죠. 참 답답해. 지내는 동안 서로 알고 지내며 이런저런 정보도 공유하고……. 에이, 아니다. 꼭 이해할 수 없는 것도 아닌 게 여기는 정말 이상한 사람이 많아요. 물건 훔쳐 가는 사람도 많고. 지금껏 임상시험 하면서 물건을 얼마나 많이 잃어버렸는지 몰라요. 이번에도 얼마 전 폼 클렌징을 도둑맞았다니까요. 몇 번 쓰지 않은 건데. 아우, 정말 왜들 그러는지 모르겠어. 그게 얼마나 한다고 훔쳐 가. 댁도 조심해요. 사실 내가 의심 가는 사람이 있긴 한데 물증이 없어서 가만히 있는 거예요. 딱 보면 도둑 관상인 사람들이 있잖아요. 저기요, 방금 지나간 저 사람 보셨어요?"

대장염 선배가 목소리를 낮추며 방금 우리 옆을 지나간 사람을 가리켰다. 이번에 새로 온 시험 대상자다. 큰 키에 깡마르고, 덥수룩한 머리에 제멋대로 삐죽삐죽 자라난 수염, 부리부리한 눈을 하고 있다.

"저 사람 정말 이상한 거 같지 않아요? 항상 펜과 노트를 들고 다니면서 뭔가를 쓰고 있잖아요. 어젯밤에 소변이 마려워서 화장실을 가는데 빈 병실에 누군가 있는 거예요. 가보니까 글쎄 저 사람이 빈 침대에 누워서 혼잣말을 중얼거리며 뭔가를 열심히 적고 있더라고요. 그걸 보고서 제가 얼마나 놀랐는지 알아요? 어휴, 지금 생각해도 소름이 돋아요. 제가 보기에 저 사람은 작가인 거 같아요. 틀림없어. 생긴 거 보면 딱 글 쓰는 사람이야."

"네, 정말 작가인 거 같네요."

내가 맞장구쳤다. 남다른 외모와 알 수 없는 말을 중얼거리며 노트에 늘 무언가를 적고 있는 기이한 행동에 나 역시 이전부터 눈이 가던 사람이었다.

"작가들한테는 이곳이 정말 글 쓰기 좋은 환경이긴 하겠다. 그렇죠?"

"네, 그렇죠."

나도 여기 들어온 이유 중 하나가 그거였다.

"작가들은 확실히 일반 사람과는 다른 것 같아요. 보면 딱 티가 나지 않아요? 작가들은 얼굴에 '나 작가요'라고 쓰여 있다니깐. 댁은 보니까 그저 착하게 공부만 하시는 분 같아. 맞죠?"

대장염 선배가 빙긋이 미소 지으며 물었다.

"네, 저는 공부를…….

공부한다는 말이 딱히 틀린 말도 아니고, "아니요. 사실 저도 작가입니다. 생긴 건 이래도 책도 두 권 냈어요."라고 말해 대장염 선배가 머쓱해할 분위기를 만들기도 싫었다.

"역시나 그렇죠? 거봐, 역시 관상은 틀리지 않는다니까. 아유, 나 나가면 어떡해 심심해서……. 제가 고맙죠? 그렇죠? 먼저 말 걸어줘서. 공부만 하다 보면 지겹잖아요."

대장염 선배가 상체를 앞으로 내밀고 웃으며 말했다.

"그럼요, 고맙죠."

"댁은 너무 착하게만 생겨서 혼자 두고 나가려니 걱정이에요. 사람이 너무 착하게 살면 안 돼요. 알았죠? 사람들이 알고 보면 참 나빠서 착한 사람 보면 무시해요. 어떡해, 혼자 두고 가려니 정말 걱정되네. 아 참, 맞다. 저 나가면 조무사들하고 친하게 지내보세요. 저는 조무사들하고 친하게 지내거든요. 한 조무사는 저한테 누나라고 부르라고도 했다니까요. 어이없죠? 그래서 제가 아무리 그래도 그렇지 어떻게 누나라고 부르냐고 처음에는 그랬는데, 계속 누나라고 부르라고 해서 지금은 누나라고 불러요. 아유, 참. 나도 생각해보면 참 웃겨. 누나라고 부르라고 했다고 진짜로 누나라고 부르는 건 또 뭐야. 웃겨, 정말. 그리고 필요한 거 있으면 다 말하라고 그런다니까요. 여기서 필요한 게 뭐가 있다고……. 참, 이번에 폼클렌징 도둑맞아서 하나 사다 달라고 부탁했었구나. 하여튼 조무사들하고 친하게 지내보세요. 내가 나가도 조무사들이 댁 잘 챙겨줄 거예요. 여기 있으면서 공부만 하다 보면 심심하고 지겹잖아요. 아, 그리고 말 나온 김에 여기 사람들에 대한 재밌는 이야기 하나 해줄까요?"

"재밌는 이야기요? 네, 해주세요."

대장염 선배의 말에 따르면 병원의 위계질서는 위로부터 의사, 간호사, 간호조무사에다 협력업체에서 오는 청소 아줌마로 이루어져 있다. 가장 갈등이 심한 건 간호조무사와 청소 아줌마 사이이다. 간호조무사들이 바쁘다는 이유로 자신들이 해야 할 일을 청소 아줌마들에게 떠맡기는 경우가 많기 때문이라고 했다. 한번은 새로 온 청소 아줌마가 간호조무사가 시킨 일을 거부했더니 앙심을 품은 간호조무사가 그 이후부터 작은 먼지 하나까지 잡아내서 다시 청소하라며 매번 트집을 잡는 바람에 얼마 안 가 그만둔 적도 있었다고 했다.

간호사들 사이에서의 갈등은 수간호사를 중심으로 형성된 파벌 간의 다툼에서 온다고 했다. 특히 임상시험 병동은 환자가 아니라 건강한 사람들이 모이는 곳이라 다른 병동에 비해 편한 곳인 데다가 서로 오고 싶어 하는 만큼 경쟁이 심한 곳이라서 이권 다툼이 일어나지 않을 수 없다는 것이다.

"그에 반해 의사 선생님들은 다들 좋은 사람 같아요. 간호사들도 간호조무사들도 청소 아줌마들도 의사 선생님들을 두고는 역시 많이 배운 사람들이라 그런지 다들 사람 좋고 예의 바르다며 칭찬만 해요. 늘 존댓말로 존중해주고 '수고가 많습니다', '고맙습니다', '요즘 힘든 일은 없으신가요?' 하면서 항상 신경 쓰고 걱정해준다고…… . 의사 선생님들은 우리한테도 늘 존중해주고 친절하잖아요. 의사 선생님들 사이에는 파벌 싸움 같은 것도 없대요. 다들 사이좋게 잘 지낸다는 거예요."

나는 그 말을 듣고 의문이 생겼다. 만약 의사가 간호사나 간호조무사 혹은 협력업체 청소 아줌마 같은 다른 계급으로 이동하더라도 여전히 좋은 사람으로 남을 수 있을까? 반대의 경우는 또 어떨까? 모인 사람들의 특성에 따라 좋은 집단, 나쁜 집단이 만들어지는 것일까? 아니면 집단의 특성이 좋은 사람, 나쁜 사람을 만드는 것일까? 사람이 환경을 만드는 것일까, 환경이 사람을 만드는 것일까? 이런 의문이 계속되는 중에도 대장염 선배의 이야기는 계속되고 있었다.

간호사 누구는 저번 주말에 선을 봤는데 남자가 영 별로였다더라, 누구는 이번에 장기 휴가를 내고 해외에 다녀왔는데 여행 중에 멋진 외국 남자를 만났다더라, 누구는 수간호사에게 찍혀 혹시라도 다른 곳으로 이동할까 늘 불안해하며 지낸다더라 등등.

"아니, 그런데 어떻게 그런 걸 다 알고 있죠?"

이야기를 가만히 듣고 있다가 의아한 목소리로 물었다. 아무리 친하다 한들 시험 대상자에게 그런 은밀한 이야기들을 시시콜콜 다 해줄 리 없었다.

"당연히 이런 이야기는 제게 안 해주죠. 하지만 가만히 귀를 기울이고 있으면 다 들려요. 간호사, 간호조무사, 청소 아줌마 들이 모여서 수다 떠는 거. 여기 있으면 심심한데 그런 거라도 들으면 재밌잖아요. 어휴, 저한테는 누나라고 부르라면서 살갑게 대해주던 간호조무사가 어머니뻘 되는 청소 아줌마에게는 반말을 하며 함부로 대한다는 걸 알았을 때는 정말 충격이었어요. 가끔은 관상이 틀릴 때도 있다는 걸 그때 알았죠. 세상은 정말 모를 일이야. 그렇죠?"

그의 말대로 가끔 관상이 틀릴 때도 있는 것일까? 아니면 대장염 선배가 자신의 주장과 달리 실은 전혀 관상을 볼 줄 모르는 사람인 것일까? 모르긴 몰라도 대장염 선배 말대로 세상은 정말 모를 일인 것만은 분명한 것 같았다.

나약한 사람의 충고

오늘은 나 홀로 쓸쓸히 복도를 걷고 있다.

전날 대장염 선배가 아침 일찍 병실로 불쑥 찾아와 내 두 손을 맞잡고는 미안하고 아쉬운 얼굴로 "나 이제 가요. 꼭 건강해야 해요." 하고 인사를 건넸다. 마침 의사와 간호사가 시험 대상자들을 검진하고 있던 때라 병실 내 모든 이목이 나와 대장염 선배에게 집중되었다. 갑자기 일어난 일이기도 했고, 사람들 이목이 집중되자 왠지 부끄러운 마음도 들어 "네, 수고하셨어요. 건강하세요."라는 짧은 인사말밖에 건네지 못했다. 좀 더 다정하고 긴 인사를 건넸더라면 좋았을 건데⋯⋯.

그렇게 오랜 시간을 함께 이야기하며 지내고서 막상 떠

날 때는 짧고도 어색한 인사만 건네고 헤어진 것이 미안하고 아쉬워 어제는 하루 종일 대장염 선배의 행적을 떠올려보며 시간을 보냈다. 지금쯤이면 커피를 마시고서 맛있게 떡볶이를 먹고 있겠지? 지금쯤이면 북적이는 지하철을 타고서 집으로 가고 있겠지? 대장염 선배는 오늘 무엇을 하고 있을까?

한번은 대장염 선배가 미래에 대한 이야기를 꺼낸 적이 있었다.

"예전에 이런 일도 있었어요. 내가 임상시험에 참가하러 올 때마다 병원에서 꼭 보는 사람이 있었어요. 한번은 궁금해서 물어봤죠. '댁은 왜 이렇게 병원에 자주 와요? 혹시 여기서 사는 건 아니에요?' 나는 아무 생각 없이 농담으로 말한 건데 그 사람 말이 1년 내내 병원에 있었다는 거예요. 얼마나 미안했는지……. 그때는 지금처럼 6개월에 한 번만 임상시험에 참가할 수 있는 제한이 없었기 때문에 하나가 끝나면 곧바로 다른 시험에 참가할 수 있었거든요. 어휴, 얼마나 끔찍해요. 한 달 동안 있는 것도 이렇게 힘든데 1년 내내 병원에 있었다니. 그래서 다시 물어봤어요. 어째서 줄곧 병원에서만 지내는 거냐고. 그랬더니 이렇게 말하더라고요. '저는 가족도 친척도 하나 없고 배운 것도 없는 무일푼이에요. 아무리 열심히 일을 해도 돈이 모이지 않았어요. 하지만 저같이 아무것도 없는 사람도 이곳에 오면 생활비도 안 들고 돈 쓸 일도 없어 목돈을 모을 수 있었어요. 저는 이번 임상시험을 마지막으로 다시 세상으로 나가요. 목표했던 돈을 다 모았거든요. 이 돈으로 푸드 트럭을 사서 장사를 시작할 생각이에요.' 그 말을 듣고 나니 정말 대단한 사람이 다 있구나 하는 생각이 들었어요. 그 후로는 잊고 지냈지요. 그런데 하루는 친구들하고 놀러 간 행사장에서 우연히 그 사람을 다시 만났어요. 병원에서 했던 말대로 정말 푸드 트럭 장사를 하고 있더라고요. 장사가 좀 되는지 줄 서서 사 먹는 사람도 많았고, 저도 사 먹어보니 맛이 좋았어요. 열심히 일하는 모습이 너무도 행복하고 멋있어 보였어요. 그 사람이 만든 음식을 먹는데 나도 모르게 뭉클해서 눈물이 나더라니까요. 그 사람이 견뎌야 했던 고통을 아니까……. 이번 임상시험을 마지막으로 이제 이 일을 그만둬야겠다고 생각하니 그 사람이 다시 생각나는 거예요. 그 사람을 내 인생의 롤모델로 삼아서 저도 이번에 받은 돈으로 작은 일이나마 시작해보려고요. 저런 사람도 있는데 지금껏 나는 내 처지만 불평하며 살아온 것 같아요."

도무지 믿을 수 없는 이야기였다. 1년이라니. 나는 고작 한 달인데도 이토록 답답한데 1년이라니. 생각하는 것만으로도 그 사람이 견뎌야 했을 고통의 시간과 삶의 무게가 너무도 무겁게 느껴져 숨이 턱 막혔다. 대장염 선배가 해준 이야기는 나를 부끄럽게 만들었다. 그동안 나약한 사람으로 살아온 지난 시간이 참으로 부끄러웠다.

"댁이 보기에 나는 어때요? 잘할 수 있을 것 같아요?"

대장염 선배가 걱정스러운 표정으로 물었다.

"선배님은 좋은 사람이니까 분명 무슨 일을 하든 잘할 수 있을 거예요. 다만······ 아, 아니에요. 아무것도 아니에요."

다만 관상을 너무 믿지 말라고 충고해주고 싶었지만 그만두었다. 그런데 지나고 보니 역시나 그때 그 말을 해줬어야 했다. 이 사회는 젊은 사람을 기만하는 사회다. 나는 이십 대 청년인 대장염 선배가 내가 겪었던 고통을 겪게 하고 싶지 않았다.

—대장염 선배, 사업을 하거나 일을 할 때면 무엇보다 사람을 잘 만나야 해요. 관상만 믿고서 사람을 믿다가는 한순간 망할 수 있어요. 그 사람이 하는 말이나 겉모습만 보고는 결코 판단할 수 없다고요.

—에이, 댁도 참. 내가 다른 건 몰라도 관상 하나는 잘

봐요. 그래서 댁한테 먼저 말도 건 거고. 거봐요, 댁이 얼마나 좋은 사람이에요?

— 아니에요. 나는 좋은 사람이 아니에요. 정상도 아니고, 공부하는 사람도 아니에요. 세상 사람들은 나를 보고 사회적으로 문제가 있는 비정상적인 사람이라고 말해요. 내가 작가처럼 생기지 않았다고 했죠? 나요, 실은 책을 두 권이나 낸 작가예요. 그렇게 유명하지는 않지만. 그리고 착한 사람도 아니에요. 내가 얼마나 나쁜 사람인지 알려드릴까요? (대장염 선배를 위해서라면 글로 쓸 수도 없고 누구에게도 말하지 못할 비밀조차도 모두 털어놓을 수 있을 것만 같았다.) 이제 아시겠죠? 그러니 앞으로 관상 믿고서 함부로 사람 믿지 마세요. 이 사회에서는 결코 사람을 믿으면 안 돼요. 의심하고 또 의심해야 해요. 덮어놓고 사람을 믿다가는 가슴이 무너지는 아픔만 겪을 뿐이에요. 그러니 누구도 믿어서는 안 돼요.

나는 대장염 선배가 꼭 성공해서 다시는 이곳에 오지 않기를 기도하는 마음으로 바랐다. 그렇기에 관상을, 사람을, 나아가 이 사회를 믿지 말라는 말을 해주지 못한 것이 두고두고 무척 후회되었다.

먹방 시대

병원에 머무는 동안 시험 대상자가 수시로 들어오고 나갔지만 나는 남았다. 생선 선생도 대장염 선배도 다 떠나버려 이제는 이야기를 주고받으며 지내는 사람이 없었다. 더는 글이 써지지 않았다. 책도 눈에 들어오지 않았다. 침대에서 바라보는 창밖 풍경도 지겨웠다. 권태가 찾아온 것이다.

똑같은 하루가 반복되는 이곳에서의 유일한 낙은 밥을 먹는 일이었다. 갑자기 병원 밥이 맛있어졌다거나 메뉴가 바뀐 건 아니다. 여전히 똑같은 건강식 메뉴다. 밥을 먹을 때면 마치 안개가 자욱한 날 두 팔을 휘저으며 맛을 찾아가는 느낌이라고 할까. 단맛, 짠맛, 매운맛, 신맛…… 어떤 맛도 뚜렷하게 느낄 수 없었다.

생선은 또 어찌나 그리 자주 나오는지. 바다가 넓다더니 넓긴 정말 넓은가 보다. 매일 초점 없는 눈에 입을 크게 벌리고 있는 조기의 얼굴을 보는 것도 이제는 고역이다. 그런데도 어찌 된 일인지 입을 뻐끔거리며 위를 채우는 단조로운 행위가 이곳의 지루함을 조금이나마 벗어나게 해 주었다.

그런 이유에선지 휴게실에 있는 텔레비전도 늘 먹방 프로그램에 고정되어 있었다. 내용이라 할 건 딱히 없다. 요리를 하고, 요리가 완성되면 감탄하면서 맛있게 먹는다. 그뿐이다. 여기 오기 전까지는 그런 아무 의미 없는 먹방 프로그램을 보는 사람들을 도무지 이해할 수 없었다. 하지만 이곳에 온 뒤부터는 나 역시 먹방 프로그램을 꽤 흥미롭게 보곤 했다. 생활이 단조롭고 지루할수록 먹는 것에 더욱 관심이 생겼다. 갈수록 먹방 프로그램이 인기를 끄는 이유도 그만큼 삶에 권태를 느끼는 사람들이 늘어나기 때문 아닐까.

오늘 리모컨을 쥔 채널 결정권자는 귀염둥이 어린이와 그의 친구다.

이틀 전 귀염둥이 어린이의 친구가 다른 임상시험에 참

가하기 위해 이곳에 왔다. 새로 온 귀염둥이 어린이의 친구는 커다란 나무 십자가 목걸이를 하고 있었는데, 얼마나 큰지 목에 걸고 다닌다기보다는 목에 지고 다닌다는 표현이 어울릴 정도였다. 공포 영화 속 퇴마사들이 하던 그런 십자가 목걸이였다. 나는 이 친구를 '퇴마사'라고 부르기로 생각했다.

귀염둥이 어린이와 퇴마사는 언제나 둘이 꼭 붙어 다녔다. 화장실도 함께 가고 밥도 같이 먹었다. 늘 함께 복도를 거닐며 이야기를 나누었다. 그동안 귀염둥이 어린이의 표정이 항상 어두워 보여 걱정이었는데 퇴마사 친구가 온 뒤로 다시 해맑아진 얼굴을 보니 마음이 놓였다.

휴게실에 가니 귀염둥이 어린이와 퇴마사가 소파에 사이좋게 앉아 먹방 프로그램을 보고 있었다.

"아, 돈가스 먹고 싶다."

끓는 기름에 돈가스가 황금빛으로 바삭하게 튀겨지는 장면을 보고 귀염둥이 어린이가 입맛을 다시며 말했다.

"저 기름 좀 봐. 오, 주여!"

퇴마사가 십자가를 두 손으로 꼭 쥐고서 외쳤다.

"나 나가면 돈가스 먼저 먹을래."

귀염둥이 어린이가 중대한 결정을 내렸다는 듯 비장한

목소리로 말했다.

"우리 교회 앞에 진짜 맛있는 돈가스집 있는데……."

퇴마사가 대꾸했다.

"아, 못 참겠다. 채널 돌리자."

귀염둥이 어린이가 신경질을 내며 채널을 돌렸다. 또 먹방 프로그램이다.

이번에는 핫도그다. 갓 튀긴 핫도그에 설탕을 묻히고 머스터드소스와 케첩을 교차하여 뿌린 다음 출연자가 크게 한 입 베어 물었다.

'앗 뜨, 뜨거워!'

혓바닥이 데기라도 한 듯 호들갑스럽게 소리를 지르는 출연자의 우스꽝스러운 얼굴이 클로즈업되었다. 곧이어 핫도그에서 하얀 김이 올라오는 장면이 비쳤다.

"오 마이 갓! 주여!"

퇴마사는 마치 마귀라도 본 듯 크게 외쳤다.

"나 나가면 핫도그 먼저 먹을래."

귀염둥이 어린이가 텔레비전 안으로 빨려 들어갈 것처럼 한참을 바라보다가 다시금 신경질적으로 채널을 돌렸다. 또다시 먹방 프로그램이다.

이번에는 치즈김치볶음밥이다. 기름을 넉넉히 두른 팬

에 잘게 썬 파와 각종 채소를 넣고 빠르게 볶다가 중간에 김치를 넣고 한 번 더 볶는다. 그런 다음 밥을 넣고 비벼주듯 한 번 더 볶는다. 볶음밥을 넓게 편 뒤 밑부분을 바삭하게 만들기 위해 윗부분을 숟가락으로 꾹꾹 눌러준다. 모차렐라치즈를 골고루 뿌린 뒤 30초 동안 뚜껑을 덮어둔다.

어느새 나뿐만 아니라 휴게실에 있던 모든 시험 대상자가 화면 속으로 빨려 들어갈 듯 거북이처럼 목을 쭉 내민 채 침을 꼴깍꼴깍 삼키며 보고 있었다.

"주여, 어찌하여 저를 시험에 들게 하옵니까!"

퇴마사는 이제 주님을 원망하듯 불렀다.

"에잇, 정말 싫다. 에잇!"

화면을 뚫어지게 쳐다보던 귀염둥이 어린이가 갑자기 화를 내며 텔레비전을 껐다. 그러고는 리모컨을 내팽개치듯 소파에 내던지고서 퇴마사와 함께 휴게실을 나가버렸다. 휴게실에 있던 시험 대상자 중 한 명이 서둘러 리모컨을 집어 들어 다시 텔레비전을 켰지만 나 역시 더는 텔레비전을 보고 싶지 않았다. 한 시간이나 넘게 멍하니 먹방 프로그램을 보고 있었다니 한심한 생각이 들었다.

쓸쓸한 기분에 고개를 돌려 창밖을 바라보았다. 금방이라도 비가 떨어질 것 같은 어두운 하늘 아래 을씨년스러운 거리를 바라보고 있는데, 귀에서는 마침내 완성된 치즈김치볶음밥을 먹으며 맛있다고 감탄하는 출연자들의 과장 섞인 목소리가 들려왔다.

알 수 없는 이상한 신호들의 조합을 어떤 의미로 받아들여야 할지 몰라 당혹해하고 있을 때였다.

"저, 저기요."

나를 부르는 목소리에 고개를 돌리자 근육 이방이 마치 사랑을 고백하려는 수줍은 소녀처럼 상기된 얼굴로 조심스럽게 말을 건네왔다.

죽음과 행복

"저기요, 지겹지 않으세요?"

근육 이방이 쑥스러운 듯 근육질의 커다란 몸을 잔뜩 움츠린 채 쭈뼛거리며 내게 물었다. 지난번 외출 때 근육 이방과 잠시 이야기를 나누긴 했지만 그 뒤로 다시 대화를 나눈 적은 없었다. 근육 이방도 마침내 단조로운 시간에 지친 모양이었다.

나 같은 경우에는 생선 선생이나 대장염 선배 같은 다른 병실의 시험 대상자들과 간간이 대화를 나누곤 했지만 근육 이방은 지금껏 묵언수행이라 해도 좋을 정도로 철저히 혼자서 지냈다. 그런데 먼저 말을 건네다니. 수줍음 많이 타는 소녀 같은 성격을 지닌 그로서는 큰 용기를 낸 것일 테다.

"하하하, 당연히 지겹죠."

내가 친근한 미소를 지어 보이며 말했다.

"저는 진짜 지겨워 죽겠어요. 바깥 음식 먹고 싶지 않으세요? 저는 햄버거가 먹고 싶어요. 육즙과 양상추가 줄줄 흘러내리는 커다란 햄버거를 한입에…… 하아……. 나가면 뭐 드시고 싶으세요?"

나의 친근한 미소를 보고 안심한 듯 근육 이방은 분홍빛 잇몸이 훤히 보일 정도로 활짝 웃으며 속사포처럼 이야기를 쏟아냈다.

"저는 커피와 함께 타르트를 먹고 싶어요."

"저번에 산책 나갔을 때 의사가 말했던 그 타르트 말이죠? 저도 그 말 듣는데 정말 먹고 싶더라고요."

"네. 사실 저는 타르트를 좋아하지 않는데 의사 말을 듣고 난 후부터는 계속 타르트 생각이 나더군요."

"여기서는 단것을 아예 못 먹으니까 그럴 거예요. 저도 단게 무척 당겨요. 정말 요구르트라도 안 나왔으면 어떻게 버텼을지……. 여기 너무 지겹지 않아요? 그래도 우리는 창가 자리라서 그나마 나은 거 같아요. 아 참, 혹시 우리 건너편 건물에 작고 귀여운 새가 집 지은 거 보셨어요?"

근육 이방은 머릿속으로 그 작고 귀여운 새를 떠올렸는지 팔짱을 낀 채 이두박근과 승모근을 동시에 크게 수축시키며 말했다.

"네? 아니요, 못 봤어요."

"그래요? 한번 찾아보세요. 얼마나 귀여운지 몰라요. 저는 그 새가 집을 짓는 과정부터 쭉 봐왔거든요. 요새는 그 새가 어떻게 잘 지내는지 지켜보는 재미로 시간을 보낸다니까요."

전부터도 느낀 거지만 근육 이방은 정말 감수성이 뛰어났다.

"그건 그렇고, 이번에 돈 받으면 뭐 하실 거예요?"

근육 이방이 눈을 별처럼 반짝이며 물었다.

"글쎄요……."

"저는 일본 여행을 할 거예요. 제가 여행을 정말 좋아하거든요. 예전부터 도쿄에 한번 가보고 싶었는데 알아보니 도쿄는 꽤 비싸더라고요. 그래서 게스트하우스에서 지내다가 마지막 날만 도쿄 타워가 보이는 근사한 호텔에서 묵으려고 해요. 빨리 가고 싶네요. 여행 좋아하세요?"

"네, 저도 여행 좋아해요."

"저는 임상시험 참가해서 번 돈으로 여행 다녀요. 그거 말고는 딱히 하고 싶은 게 없더라고요. 좋아하지 않는 일을 억지로 해서 돈을 번다고 해도 미래에 제가 오래도록 건강하거나 살아 있을 거란 보장도 없잖아요. 당장 내일 죽을지 어떻게 알아요? 음주 운전 차량에 교통사고를 당할 수도 있고, 묻지 마 살인도 일어나는 세상이잖아요. 그렇다면 불확실한 미래보다 현재를 중시하며 살아야 하는 게 아닐까요? 더구나 저는 돈 욕심도, 오래 살고 싶은 욕심도 없어요. 현재에 충실하며 매 순간을 자유롭게 살고 싶어서 이렇게 임상시험 참가해서 번 돈으로 여행 다니는 거예요. 지금은 그저 즐기며 살고 싶어요. 그렇게 즐기며 살다가 늙어서 사는 게 재미없어지면 굳이 꾸역꾸역 억지로 살아갈 필요가 있을까요? 혹시 죽음의 순간을 스스로 선택할 수 있다면 삶이 훨씬 더 평화로워질 수도 있겠다고 생각해보신 적은 없으세요?"

나는 경영학을 공부했고, 작가가 되기 전에는 자산운용사에서 일을 했다.

사람들이 흔히 불행이라 말하는 불확실성을 경제학에서는 위험이라고 말한다. 경제학적으로 볼 때 사람의 인생에서 가장 큰 위험은 언제 죽을지 모른다는 것이다. 죽음이 언제 찾아올 것인지 미리 알 수 있다면 사람은 돈에 관한 한 훨씬 더 자유롭고 효율적으로 살 수 있을 것이다. 하지만 누구도 자신이 언제 죽을지 모르기 때문에 마치 무덤까지 돈을 들고 갈 것처럼 살아가는 사람이 생기는 것이다.

내가 다니던 회사는 투자금융 회사인데도 사람의 수명을 예측하는 일을 중요하게 생각해서 늘 의료계의 발전을 좇았다. 하지만 근육 이방처럼 죽음의 순간을 스스로 정한다는 생각은 해보지 못했다. 불치병에 걸려 고통 속에서 살아갈 날만 남은 사람의 존엄사는 생각해본 적이 있지만 근육 이방이 말하는 건 엄연히 다른 경우다. 종교적이거나 도덕적 관념에서 보면 스스로 죽음을 선택하는 행위는 분명 문제가 될 수 있겠으나 경제학적으로만 보면 근육 이방의 논리는 아무 문제가 없다. 짧은 삶을 살겠다고 결심하면 그 순간부터 굵고 효율적으로 살 수 있다. 인간의 가장 큰 불확실성이 제거된다면 불행 역시 크게 줄어드는 건 당연한 일이다.

나는 근육 이방의 질문에 섣불리 내 생각을 말할 수 없었다. 그저 근육 이방의 눈만 멀뚱멀뚱 쳐다보았다. 근육 이방은 나의 표정을 어떻게 생각했던 것일까.

"흐흐흐, 무슨 생각 하시는 건지 알아요. 사람마다 바라는 게 다르잖아요. 그러니 나와 다른 방식으로 사는 사람들이 눈에 거슬릴 수 있죠. 하지만 저는 틀린 건 없다고 생각해요. 그저 다를 뿐이라 생각해요. 사람들은 돈 욕심이 나쁜 거라 말하지만 저는 그렇게 생각하지 않아요. 사람마다 각자 개성이 있듯이 행복을 이루는 방법도 사람마다 다를 수밖에 없어요. 돈을 벌수록 행복한 사람은 돈을 벌어야 해요. 하고 싶은 일이 있는 사람은 하고 싶은 일을 해야 하고요. 저 역시 제 행복을 위해 살아요. 단지 돈을 많이 버는 건 제게 행복을 가져다주는 일이 아니에요. 제게 돈은 목적이 아니라 하나의 수단일 뿐이에요. 저는 여행 다니는 게 행복해요. 저는 여행을 다니기 위해 태어났고, 여행을 다니기 위해 살고 있어요. 제 삶이 존재하는 이유와 제가 행복해질 수 있는 일을 명확히 알고 있고, 그것을 위해 노력하고 실천하며 살고 있어요. 그렇다고 자신의 행복을 위해 타인에게 피해를 끼쳐서는 안 되겠죠. 그래서 제가 직접 번 돈으로 여행을 떠나는 거예요. 타인에게 피해를 주지 않는다면 사람마다 자신이 살고 싶은 대로 살아갈 자유와 권리가 있다고 생각해요. 물론 그로 인한 결과는 당연히 자신이 책임져야겠죠. 남에게 이렇게 살아라, 저렇게 살아라, 그렇게 살지 말아라 하는 사람들은 타인의 권리를 인정하지 않으려고 해요. 또 귀가 얇아서 그런 사람들의 말을 곧이곧대로 듣는 사람들은 자신의 삶을 책임지는 것을 두려워하며 다른 누군가가 자신의 삶을 책임져주기만을 바라는 나약한 사람이고요. 타인의 권리를 존중하지 않는 사람들이 어떻게 타인의 삶을 책임져줄 수 있을까요? 타인의 권리를 존중하지 않는 사람은 오로지 자신만 중요하게 생각하기 때문에 타인에게 조그마한 도움도 주지 않아요. 그러니 자신의 삶에 따르는 권리와 책임은 오로지 자신에게 있다는 사실을 피하지 않고 그대로 받아들여야 해요. 그럴 때 비로소 다른 사람이 하는 말에 휘둘리지 않고 주체적인 삶을 살 수 있어요."

'어허, 이 사람 보게?'

나는 근육 이방의 말을 듣고서 그의 별명을 '근육 히피'로 바꿔야겠다고 생각했다.

마지막 투약

이른 아침부터 평소보다 많은 의사와 간호사가 찾아와 병실이 북적였다.

마지막 투약일인 오늘은 첫 투약 때와 마찬가지로 집중 검사가 예정되어 있다. 가슴에는 다시 여덟 개의 전극이, 목에는 기계가, 왼팔에는 하루 열한 번의 피를 빼내기 위한 카테터가 꽂혔다. 매 시간 채혈과 각종 검사가 진행되기에 화장실 갈 때 말고는 침대를 벗어날 수 없었다. 첫 투약 때는 이런 제약들이 불편하고 힘들어 얼른 하루가 지나가길 바랐지만 오늘은 어찌 된 일인지 매 시간 해야 할 일이 있다는 것이 오히려 기쁘게 생각되었다. 교도소에 오랫동안 갇힌 죄수들이 왜 나서서 노역을 하려고 하는지 그

심정을 조금이나마 이해할 수 있을 것 같았다.

오전 9시 48분.

의사가 내 앞에 다가와 하얀 알약 한 알과 물이 든 비커를 건넸다. 마지막 약이라고 생각하니 묘한 기분이 들었다. 약을 삼키고 물을 마셨다. 이로써 모두 끝났다. 이제부터는 약을 먹지 않아도 된다고 생각하니 기뻤다.

매 시간 간호사가 와서 피를 빼 갔다. 한 번 채혈할 때마다 네 개의 시험관에 피를 채웠다. 피를 빼 가는 모습은 아무리 봐도 적응되지 않았다. 가만히 바라보고 있으면 몸이 저절로 쪼그라드는 것 같았다. 고로쇠나무도 이런 심정이었을까. 앞으로는 좋아하는 고로쇠물을 마시지 못할 것 같다.

어느덧 식사 시간이 되어 휴게실로 향했다. 오늘은 최대한 침대에 머물러 있어야 하기에 식판을 침대로 가져와 먹어야 했다.

식판을 찾아 병실로 돌아가려는데 휴게실에서 식사를 하고 있는 여성 시험 대상자가 눈에 띄었다. 이번에 새로 시작된 임상시험에 여성도 참가한 모양이었다. 임상시험에 참가하는 사람은 대부분 남성이지만 대장염 선배로부터 가끔 여성도 참가한다는 말을 들은 적이 있었다.

열댓 명의 남성 시험 대상자들 속에서 두 명의 여성 시험 대상자가 서로 떨어져 식사를 하고 있었다. 나의 어머니와 비슷한 연배로 보이는 아주머니가 밥을 맛있게 드시고 계셨다. 표정이 밝아 보였다. 누군가 차려준 밥을 먹는다는 게 좋았던 것일까? 세상 편하다는 얼굴이다. 문득 어머니 생각이 나서 울컥했다. 오늘 집중 검사를 마치면 내일 전화라도 드려야겠다는 생각이 들었다.

다른 여성 시험 대상자는 어려 보였다. 이제 막 스무 살을 넘긴 듯했다. 스마트폰에 완전히 빠진 채 순진한 얼굴로 밥을 먹고 있었다.

문득 여동생이 생각났다. 여동생도 이제 나이가 들어 어리다고 할 수 없지만 그래도 늘 어리게만 느껴졌다. 여섯 살 여자아이를 보면 여섯 살 때의 여동생이, 중학생 여자아이를 보면 중학생 때의 여동생이 떠오르곤 했다. 임상 시험에 참가해 혼자 밥을 먹고 있는 여성을 바라보니 스무 살이던 때의 여동생이 떠올라 안쓰럽게 느껴졌다. 다가가서 위로라도 해주고 싶었다.

그때였다. 나이 많은 여성 시험 대상자가 밥을 먹다 말고 나를 가만히 쳐다보았다. 나는 눈이 마주치자마자 깜짝 놀라 고개를 돌리고서 얼른 병실로 향했다. 더할 나위 없이 밝은 표정으로 밥을 먹던 그녀가 목에는 기계를, 가슴에는 전선을 주렁주렁 매달고 있는 나를 보면서 슬픈 눈빛으로 자신의 아들을 떠올리고 있다는 것을 알 수 있었기 때문이었다.

싫었다. 서로가 서로를 가엾게 생각하는 이곳이 너무도 싫었다. 오히려 시기와 질투로 서로를 미워하는 바깥세상이 훨씬 나았다.

욕망의 형태

몸이 가뿐하다. 머리도 한결 맑았다. 어제부터 아침이면 늘 먹던 약을 먹지 않는다. 하루 사이 맥박이 10이나 올랐다.

'맥박은 돌아오고 있는데 백혈구도 돌아오고 있는 걸까?'

그러고 보니 내 몸 안에서 일어나는 일도 알지 못하는 주제에 그동안 잘도 타인에 대해 이러쿵저러쿵 아는 척을 해왔구나. 나 자신이 한심하게 생각되었다.

답답한 마음에 복도를 걸으려고 병실을 나오자 근육 히피가 따라 나왔다. 근육 히피는 지난번 함께 대화를 나눈 뒤로 늘 나를 그림자처럼 따라다녔다. 식사를 할 때도, 산책을 할 때도, 심지어 화장실을 갈 때도 그랬다.

"아, 안녕하세요? 오늘은 여기서 나가면 뭘 제일 먹고
싶으세요?"

근육 히피는 만날 때마다 똑같은 질문을 인사처럼 물었
다. 나는 여전히 커피와 함께 타르트가 먹고 싶다고 답했
다. 근육 히피는 어제까지만 해도 햄버거를 먹고 싶었는데
오늘은 생각이 바뀌어 짬뽕이 먹고 싶다고 했다.

'음, 그렇구나. 그래서 어쩌란 거지?'

"저기…… 여기 있으니까 성욕이 넘치지 않나요?"

근육 히피가 불쑥 물었다. 나는 '성욕'이란 단어에 흠칫
놀랐다. 지난번에는 여행 이야기 도중 갑자기 삶과 죽음에
대한 이야기를 꺼내더니 이번에는 한술 더 떠 짬뽕에서 곧
바로 성욕 이야기로 넘어갔다. 근육 히피는 우리가 벌써
성욕에 대해서도 터놓고 말할 수 있는 사이가 되었다고 생
각하는 걸까. 그나저나 성욕이라…….

투약이 끝난 이후로 차츰차츰 성욕이 돌아오던 차였다.
약을 먹는 동안에는 성욕이 생기지 않았다. 오래전 어느
날 성욕이란 것이 불쑥 생긴 이래 지금껏 이처럼 완벽하게
성욕이 사라진 적은 없었다. 약을 먹는 내내 머릿속에 잔
뜩 안개가 낀 것만 같아 어떤 것도 뚜렷하게 생각할 수 없

었고, 몸은 마치 바다에서 갓 건져 올린 해파리처럼 흐물거렸다. 정신과 육체의 사정이 이렇다 보니 성욕도 생기지 않았다. 하지만 투약이 끝나자 다행이라고 해야 할지 불행이라고 해야 할지 모르겠지만 성욕이 다시 돌아왔다. 성욕의 부산물인 잡념도 함께.

내 몸은 이번 일로 상당히 놀란 모양이었다.

'천만다행으로 성욕이 다시 찾아왔지만 다음에는 영영 성욕이 돌아오지 않을지 모른다. 라훌라! 그렇다. 더 늦기 전에 라훌라가 필요하다!'

남자는 생명의 위협을 받으면 성욕이 커진다고 한다. 죽기 전에 한 번이라도 더 씨를 뿌리고 죽겠다는 이기적인 유전자 탓이다. 그래서인지 사라졌던 성욕이 다시 돌아오자 이전보다 생의 의지가 더욱 커졌다. 성욕과 생의 의지는 떼려야 뗄 수 없는 관계, 이번 잡념은 생의 의지가 한껏 반영된 성욕에서 오는 잡념이라 평상시보다도 더욱 머리가 아팠다. 아이를 가져야 하나 말아야 하나, 아이를 가지게 되면 작가 생활을 계속할 수 있을까, 얼마나 벌어야 돈 걱정을 하지 않게 될까…… 성욕이 만들어낸 잡념은 내게 수많은 두려움을 안겨주었다.

오늘 아침 샤워를 하면서 자위를 했다. 거울은 보지 않았다. 병원에 들어온 뒤로 얼굴이 말랐다. 몸의 근육은 사라졌고 흰머리도 부쩍 늘었다. 그런 우울한 모습은 나를 위로하는 일에 전혀 도움이 되지 않는다. 거울을 등지고 샤워기에서 역동적으로 물이 쏟아지는 모습을 보며 자위했다. 자위를 끝낸 후 샤워기 물로 정액을 하수구로 흘려보냈다. 라훌라…… 라훌라…….

나는 근육 히피에게 이 같은 이야기를 자세하게 말하고 싶지 않았다. 미안한 이야기이지만 나는 아직 그 정도로 근육 히피와 가까워졌다고 생각하지 않았다.

"약을 먹지 않으니 확실히 성욕이 다시 생기긴 하네요."

그 정도로만 대답했다.

"저는 여기 오고 난 후로 계속 여자 생각이 나서 미치겠어요. 여자 친구는 아니고, 하고 싶을 때마다 만나는 섹스 파트너가 있거든요. 요새 그 친구랑 매일 밤 문자로 야한 말을 주고받고 있어요. 평소에는 그런 정도로는 발기조차 안 됐는데 여기 있으니깐 아주 미치겠더라니까요. 나가자마자 만나서 한탕 뛰기로 했어요. 지금 같아서는 정말 밤새도록 할 수 있을 것 같다니까요, 흐흐흐."

그 말을 듣고서 우리 병실에서 실제 약이 아니라 위약을 투여받는 시험 대상자가 바로 근육 히피였다는 것을 알 수 있었다.

임상시험을 설계할 때면 시험 대상자 중에 효과가 없는 위약을 투여받을 사람을 둔다. 플라시보 효과 때문이다. 사람은 정신이 육체를 강하게 지배하는 존재이기에 아무런 효과 없는 치료도 효과가 있는 것으로 인식하고, 위약을 복용하고도 약물로 인한 부작용과 유사한 부작용을 일으키기도 한다. 따라서 임상시험에서는 위약 투여군과 대조한 결과를 두고서 시험 약물이 위약보다 효과가 있으면 유효하다고 말하고, 위약에 비해 심각한 문제가 발생하지 않으면 안전하다고 말한다.

내가 참가한 이번 임상시험도 다섯 명의 시험 대상자 중에 네 명은 실제 약을, 한 명은 위약을 투여받는 것으로 설계되어 있었다. 기억을 떠올려보니 약을 먹자마자 모두가 맥박이 급격히 떨어져 경고음이 울릴 때도 근육 히피는 전혀 맥박이 떨어지지 않았었다. 근육 히피는 다른 사람 일에는 전혀 신경 쓰지 않는 사람이라 플라시보 효과가 전혀 통하지 않았던 것이다.

"아니, 그동안 그런 일이 다 있었어요?"

다들 약을 먹자마자 맥박이 떨어져 경고음이 울렸었다, 백혈구 수는 반 이상 줄었다, 신체적 정신적 변화 모두 컸다, 정말 대단한 약이었다……. 지금껏 있었던 일들을 이야기해주자 근육 히피는 그제야 깜짝 놀라며 물었다.

왠지 히피들은 얄미울 정도로 운이 좋았다. 하긴 그토록 운이 좋으니 부랑자로서도 행복하게 살아갈 수 있는 거겠지만.

처음에는 근육 히피가 위약을 투여받았다는 사실에 부럽다고 생각했다. 하지만 성욕 때문에 미치겠다는 투정을 계속 듣다 보니 그토록 강한 성욕을 오랜 시간 약의 도움 없이 억누르며 지냈을 근육 히피가 가엾게 느껴졌다.

근육 히피의 이야기는 계속되었다. 섹스 파트너는 한 명이 아니었다. 수많은 여자와 섹스 파트너 관계를 맺고 있었고, 그중에는 외국 여자도 많았다. 이번 임상시험을 마치고 일본 여행을 가면 일본인 섹스 파트너를 만날 예정이라고 했다. 도쿄 여행의 마지막 날을 도쿄 타워가 보이는 근사한 호텔로 잡은 것도 그런 이유라고 했다. 그 말을 듣자 근육 히피가 하나도 가엾게 생각되지 않았다.

익숙한 곳으로부터 떠나는 슬픔

채혈하는 동안 몸무게 이야기가 나왔다. 다들 그동안 체중이 얼마나 변했는지 궁금해했다. 지금껏 서로 말을 하지 않아 조용하기만 하던 병실에 처음으로 이야기꽃이 피었다.

"그동안 야식도 못 먹고 술도 못 마셨으니 분명 빠졌겠죠?"

"그렇겠죠. 병원 밥이 건강식이기도 하고."

시험 대상자들의 대화를 가만히 듣고 있던 간호사가 채혈을 마친 후 몸무게를 재어주겠다고 했다. 언제나 심드렁한 표정의 두꺼비 아저씨를 제외하고는 모두가 채혈을 마친 후 체중계가 있는 검사실로 향했다.

근육 히피가 먼저 쟀다. 6킬로그램이 빠졌다.

"역시 운동을 못 하니 근육이 빠졌네요. 제가 그랬죠? 여기 오고 나서 팔이 너무 얇아진 것 같다고. 어떡하죠? 진짜 뼈만 남았어."

근육 히피는 여전히 우람한 이두박근을 안쓰럽게 쳐다보며 슬픈 목소리로 내게 공감을 구했지만 하나도 공감할 수 없어 모른 척했다.

공시생은 무려 9킬로그램이나 빠졌다. 우리가 다들 깜짝 놀라자 공시생은 우쭐해서 한 손으로 안경을 치켜올리며 거만을 떨었다.

"네 네, 잘 압니다. 다들 궁금하시죠? 제가 어떻게 이렇게나 많이 살이 빠졌는지. 당연히 모르셨겠지만 사실 저는 이곳에 들어올 때부터 살을 빼고 나가자는 목표를 세워두고 왔습니다, 후후후. 혹시 간헐적 단식이라고 들어보셨습니까? 간헐적 단식이란……. (공시생은 간헐적 단식에 대해 꽤나 길게 주절거렸다.) 아시겠습니까? 그런 이유로 저는 지금껏 저녁을 아예 먹지 않았습니다."

'네에 네, 잘 알겠습니다. 어련하시겠습니까요.'

공시생은 말을 많이 하는 편은 아니지만 하는 말마다 모두 마음에 들지 않았다. 재수 없는 스타일이라고 할까.

나는 3킬로그램이 빠졌다. 뜻밖이었다. 앞선 두 사람이 꽤 살이 빠졌기에 어느 정도 기대를 했던 터라 실망이 컸다.

귀염둥이 어린이는 고작 2킬로그램이 빠졌다. 그럼에도 귀염둥이 어린이는 환한 얼굴로 박수까지 치며 기뻐했다. 도대체 무슨 생각인지 모르겠다.

몸무게는 모두의 관심사라 그런지 서로의 몸무게를 두고서 이런저런 이야기가 오갔다.

"여기 있으니까 시간 너무 안 가지 않나요?"

병실로 돌아오는 길에 귀염둥이 어린이가 귀여운 얼굴로 말을 걸어왔다.

"그러게요. 정말 시간 안 가네요. 그런데…… 혹시 대학생이신가요?"

내가 빙긋이 웃으며 물었다. 병원이 아니라 사회에서 만났다면 "혹시 중학생이신가요?"라고 물었을 것이다.

"아니에요. 회사 다니다 잘리자마자 온 거예요. 대학 다닐 때 방학 때마다 임상시험에 참가했었어요. 취직하면 다시는 이 일을 안 해도 될 줄 알았는데 또 왔네요, 히히. 집에서 놀면 뭐 하겠어요. 다시 직장 구할 때까지 여기서 지내며 돈이라도 벌어야죠."

"그랬군요, 큼큼."

'어린이'가 아니라 '실업자'였다니. 나는 안타까운 심정을 숨기려 일부러 헛기침을 했다.

"혹시 뭐 하세요?"

이번에는 귀염둥이 실업자가 내게 물었다.

"저는 프리랜서예요."

"프리랜서요? 요즘 경기가 너무 안 좋아서 힘드시겠다. 일 안 들어오죠?"

"네."

"하긴 일이 들어오면 여기 들어오지도 않으셨겠죠. 에효, 힘내세요."

귀염둥이 실업자가 쓴웃음을 지으며 말했다.

이곳은 정말 이상한 곳이다. 바깥세상에서는 자신을 가장 불쌍히 여기지만 이곳에서는 나보다 다른 사람이 더 불쌍해 보였다.

"저기…… 여기서 나가면 뭐 먹고 싶으세요?"

그때 근육 히피가 불쑥 끼어들더니 역시나 똑같은 질문을 귀염둥이 실업자에게 인사하듯 물었다.

"저요? 저는 한식 뷔페에 갈 거예요, 히히. 돈가스, 핫도그, 치즈김치볶음밥……. 먹고 싶은 게 너무 많아서 하나만 고를 수 없어요, 히히."

귀염둥이 실업자가 한식 뷔페를 떠올렸는지 두 손을 모은 채 눈을 반짝이며 말했다.

"저는 짬뽕이 먹고 싶어요."

근육 히피가 핑크빛 잇몸을 보이며 말했다.

"그런데 저희, 예전에 한번 보지 않았어요?"

귀염둥이 실업자가 근육 히피에게 물었다.

"그러고 보니 저번에 콧줄 시험에 참가했을 때 봤던 거 같아요. 맞죠?"

"가만, 혹시 그때 아니에요? 여기 병원 식당 파업했을 때……."

"맞아요. 식당 직원들이 파업했다고 외부 도시락을 사다 주었잖아요. 정말 이런 경우도 다 있구나 싶었죠."

"저는 좋았어요. 병원 밥 먹다가 외부 음식 먹으니 간이 세서 좋던데."

"그래요? 저는 조미료 맛이 너무 나서 별로였어요. 아 참, 그거 알아요? 우리 동갑인 거?"

근육 히피가 귀염둥이 실업자에게 반가운 표정을 지어 보이며 말했다.

"정말요? 그걸 어떻게 알았어요?"

"관찰기록부 보면 생년월일이 다 나와 있어요. 실은 제가 사람들 없을 때 몰래 훔쳐봤거든요. 혹시 궁금하다면 여기 있는 사람들 나이 알려드릴까요?"

근육 히피 말에 의하면 공시생은 서른둘, 근육 히피와 귀염둥이 실업자는 스물아홉, 그리고 놀랍게도 두꺼비 아저씨는 스물일곱이라고 했다.

"네? 그분이 스물일곱이라고요?"

내가 깜짝 놀라서 물었다.

"저도 정말 깜짝 놀랐어요. 아무리 못해도 마흔은 확실히 넘었을 거라 생각했는데 실은 우리 중에 가장 어린 동생이었다니. 사실 저는 형님이 서른넷인 거 보고도 깜짝 놀랐어요. 저보다 어리거나 많아 봤자 동갑일 거라 생각했는데……. 그것도 모르고 지금껏 너무 예의 없이 친구처럼 굴어서……. 형님, 정말 동안이세요."

"아이고, 감사합니다."

고백하자면 나는 십 대 때 벌써 이십 대 같은 얼굴이라며 늘 노안이란 소리를 들었다. 그랬던 내가 이제는 삼십 대에도 이십 대 같은 얼굴이라며 동안 소리를 들을 줄이야. 내 얼굴은 변하지 않았지만 시간이 흘러 시대가 변했을 뿐이다. 시대에 따라 평가가 달라질 수 있다는 건 지금의 내 경우를 두고 하는 말이 아닐까. 역시 오래 살고 볼 일이다.

그나저나 두꺼비 아저씨가 고작 스물일곱이었다니. 두 꺼비 '아저씨'가 아니라 두꺼비 '총각'이었구나. 두꺼비 총 각, 힘내시게. 쉰 살이 넘어가면 그때부터는 사람들로부터 여전히 마흔 같은 얼굴이라며 동안 소리 들을지 누가 알겠 나. 그러니 건강하게 오래오래 살아야 하네.

"그동안 서로 인사도 없이 지내다가 막상 나가는 날이 되어서야 비로소 이야기를 나누게 되다니 아쉽네요. 진작 이렇게 이야기하며 지냈으면 덜 심심하고 좋았을 텐데."

내가 아쉬워하며 말했다.

"괜찮아요. 다음에 또 만나게 될 텐데요 뭘, 흐흐."

"맞아요. 여기서는 보는 사람 계속 봐요, 히히."

근육 히피와 귀염둥이 실업자가 동시에 나를 쳐다보고 웃으며 말했다.

한동안 이야기를 나누다 보니 어느새 어두워졌다. 이 야기를 마치고 다들 자리로 돌아가 내일 퇴원할 준비를 했다.

어느덧 여기서 머문 지도 한 달. 모든 물건이 자기 자리 를 잡고 있었다. 창틀 위에 필통, 외국어 공부 책, 읽고 있는 책, 다 읽은 책, 속옷, 세면용품 들이 순서대로 나란히 놓여 있었다. 파란 바구니에 지난 한 달 동안 이곳에서 쓰던 물품을 모두 담고서 허전해진 창틀 위를 보니 왠지 모를 공허함이 느껴졌다. 더 머물고 싶은 생각은 없었으나 그와 별개로 사람은 익숙한 곳으로부터 떠나갈 때면 으레 슬퍼지기 마련이다.

소등 시간이 가까워질 때쯤 문득 생각이 나 휴게실로 가서 잡기장을 펼쳤다.

—이곳에 오신 분들 모두 건강하시고 앞으로 항상 좋은 일만 가득하시길 바랍니다.

오랜 시간 펜을 들고 고민한 것에 비해 너무도 짧은 소감만을 적고 나서 병실로 돌아와 이곳에서의 마지막 잠을 청했다.

새롭게 얻은 삶

아침 일찍 퇴원 수속을 마치고 병원 건물을 나왔다.

다른 사람들에게는 오늘 날씨가 금방이라도 비가 내릴 것만 같은 흐린 날로 여겨지겠지만 내게는 그 어느 날보다 화창한 날처럼 느껴졌다.

한 달 만에 되찾은 자유. 그건 감동 그 자체였다. 사람은 익숙함에 젖다 보면 소중함을 잊기 마련이다. 익숙함에 매몰되지만 않으면 언제 어디서든 깨달음을 얻을 수 있었다. 꼭 해외로 여행을 떠나야만 발견할 수 있는 일이 아니었다. 꼭 용기가 필요한 일도 아니었다. 나는 자포자기하는 마음으로 좁은 곳에 갇혀 있는 동안 많은 것을 발견하고 깨달을 수 있었다.

병원 건물 앞에 잠시 멈춰 서서 눈을 감고 두 팔을 벌린 채 바깥 공기를 한껏 들이마셨다. 공교롭게도 그 순간 쓰레기차가 지나가서 쓰레기 냄새를 가득 들이마시게 되었지만 그래도 기분이 좋았다.

"하하하! 쓰레기 같은 현실이라도 자유가 좋긴 좋구나. 자유가 좋다, 좋아!"

곧장 지난번 산책 때 의사가 맛있다고 추천한 병원 지하의 빵집부터 찾아갔다.

잔잔한 클래식 음악과 함께 고소한 빵 냄새가 멀리서부터 솔솔 풍겨왔다. 따뜻한 느낌을 주는 노란 조명 아래 모양도 예쁜 빵들이 마치 갓 태어난 별처럼 반짝반짝 빛나고 있었다. 오랜 동안 하얀 조명이 차가운 빛을 내리 뿜어내는 적막한 공간에서 소독약 냄새만 맡고 지내오다 아늑한 분위기를 풍기는 빵집에 오니 마치 천국에 온 것만 같았다.

나는 설레는 마음으로 의사가 맛있다고 추천한 베리베리타르트를 찾았다. 그런데 가격이 너무 비쌌다. 타르트뿐만 아니라 모든 빵이 동네 빵집에 비해 최소 두 배 이상 비쌌다.

'서울은 빵마저 비싸구나.'

시내 중심가에 있어서 그러려니 생각했다. 그래도 그렇지, 너무 터무니없이 비싸다는 생각이 들어 빵집을 나왔다. 타르트는 동네 빵집에서도 팔았다.

집으로 돌아가려 지하철역으로 향하던 도중에 발길을 멈췄다.

'아니야, 먹어야 해.'

병원에서 지내는 동안 그토록 먹고 싶었던 타르트다. 매번 먹는 것도 아닌데 모처럼 이 정도 사치는 누려도 되지 않을까. 생각을 바꿔 다시 빵집으로 발길을 돌렸다.

베리베리타르트를 집어 들고 계산을 하기 위해 줄을 섰다. 계산하려는데 케이크를 사면 한 잔에 5천 원인 커피를 2천 원만 내고서 세트로 즐길 수 있다는 행사 안내 문구가 눈에 들어왔다. 마침 나는 커피도 마실 생각이었다.

"혹시 베리베리타르트도 할인 세트에 포함되나요?"

조심스럽게 직원에게 물었다.

"아니요. 베리베리타르트는 타르트지 케이크가 아니에요. 이름부터가 케이크가 아니라 타르트잖아요."

병원에 있는 빵집 아니랄까 봐 직원 역시 간호사처럼 단호했다. 말씨는 또 딱딱하기 이를 데 없어 정나미가 뚝 떨어졌다.

의기소침해진 나는 줄에서 빠져나와 베리베리타르트를 도로 제자리에 갖다 놓고서 대신 딸기생크림케이크를 집어 들었다.

'딸기도 스트로베리니까 엄연한 베리야.'

커피와 딸기생크림케이크를 산 뒤 구석에 자리 잡고 앉았다. 턱을 괴고서 앞에 놓인 커피와 딸기생크림케이크를 한동안 가만히 바라보았다.

'케이크를 먼저 먹을까, 커피를 먼저 마실까?'

행복한 고민을 하며 뜸을 들였다.

'그래, 케이크를 먼저 먹자.'

포크로 케이크를 조심스럽게 한 입 크기로 잘라내어 입에 넣었다. 이어 커피도 한 모금 마셨다.

그 순간 절로 눈이 감겼다. 감긴 눈 안에서는 검은 밤하늘 위로 하얀 설탕과도 같은 은하수가 펼쳐졌다. 한 달 만에 먹는 커피와 디저트에 온몸이 녹아내리는 것만 같았다. 케이크의 단맛은 그동안 마셨던 저당 요구르트와 달랐다. 커피의 쓴맛은 그동안 먹었던 치커리샐러드와 달랐다.

당과 카페인이 혈관을 타고서 몸 이곳저곳에 퍼지는 것이 그대로 느껴졌다. 오랫동안 멈춰 있던 머리가 다시 엔진 소리를 내며 움직이기 시작했다. 온몸의 세포가 하나하나 깨어나며 살아 있음을 느꼈다.

눈이 번쩍 떠졌다.

앞으로는 닥칠 죽음을 미리 생각하기보다 지금의 삶을 소중히 생각하며 살아가리라!

앞으로는 돌이킬 수 없는 과거의 일에 집착하지 않고 지금 내가 할 수 있는 일부터 생각하며 살아가리라!

앞으로는 불평할 일을 찾기보다 작은 것 하나에도 감사하는 마음으로 살아가리라!

앞으로는 상대가 나를 대하는 태도에 상관없이 남을 배려하고 존중하며 살아가리라!

앞으로는 세상을 향해 보상을 바라는 마음을 버리고 내가 옳다고 생각하는 일을 하며 살아가리라!

앞으로는 슬픔도 행복도 회피하지 않고 그 자체를 대면하며 살아가리라!

고통의 시간 속에서 신음하고 괴로워하던 과거의 나는 마침내 죽었다.

나는 새롭게 다시 태어났다.

나비

퇴원한 후로도 채혈을 하기 위해 2주간 이틀에 한 번씩 오전 아홉 시에서 열한 시 사이에 병원을 방문해야 했다. 귀찮았지만 바람도 쐴 겸 나들이 삼아 다녔다.

내가 사는 곳은 경기도 외곽이다. 외진 데다가 주변에 크고 작은 무덤이 즐비한 낮은 산이 있어 음산하다기보다는 영적인 기운이 흐르는 곳이다. 모처럼 활기 넘치는 서울 도심까지 힘들게 왔는데 단 1분 만에 끝나는 채혈만 하고서 다시 현세를 떠나 영적인 곳으로 돌아가기에는 아쉬웠다. 내가 사는 곳에는 없는 유명 프랜차이즈의 샌드위치를 점심으로 사 먹고 사람 북적이는 거리를 구경 삼아 돌아다녔다. 카페에서 커피를 시켜놓고 느긋하게 책을 읽으며 도시에서만 느낄 수 있는 특유의 여유를 즐겼다. 하지만 첫날의 행복은 다시 찾아오지 않았다.

두 번째 방문하는 날, 우연히 같은 시간에 채혈하러 와서 만난 귀염둥이 실업자가 함께 점심을 먹자고 했다. 점심으로 무엇을 먹을지 이야기를 나누었는데 귀염둥이 실업자와 나는 정말 입맛이 달랐다. 점심으로 빵이나 샌드위치류를 선호하는 나와 달리 귀염둥이 실업자는 밥이나 면류를 선호했다. 빵과 샌드위치는 '정말 정말' 싫다는 귀염둥이 실업자의 의견을 존중해 쌈밥을 먹었다. 비싸기만 하고 더럽게 맛없었다.

나는 점심만 먹고 귀염둥이 실업자와 헤어질 생각이었다. 지난번처럼 카페에 가서 커피를 한 잔 시켜놓고 책을 읽으며 혼자만의 여유롭고 행복한 시간을 가지려 했다. 그런데 웬걸, 귀염둥이 실업자는 눈치도 없이 카페까지 따라와 나의 계획을 철저히 망가뜨렸다.

이틀 뒤, 혼자만의 시간을 만끽했던 첫날의 행복감을 되찾으러 일부러 제한 시간인 열한 시에 딱 맞춰 병원을 찾았다. 하지만 이번에도 계획이 틀어지고 말았다. 이 시간이면 분명 채혈을 마치고서 집에 돌아갔으리라 생각했던 귀염둥이 실업자가 채혈실로 들어서는 나를 보고 환하게 웃는 게 아닌가.

"오늘은 늦게 오셨네요. 간호사님에게 물어보니 아직 채혈하러 오시지 않았다고 해서 기다리고 있었어요, 히히. 오늘은 점심으로 스테이크덮밥 어때요?"

스테이크덮밥이라. 거절을 잘 못하는 성격인 데다 의도치 않게 내가 귀염둥이 실업자를 기다리게 한 꼴이 되어 군말 없이 스테이크덮밥을 먹을 수밖에 없었다. 이번에도 비싸기만 하고 더럽게 맛없었다.

말 그대로 피 뽑아서 번 피 같은 돈을 비싸고 맛없는 음식을 사 먹는 일에 쓰고 있다고 생각하니 너무도 속이 쓰렸다. 이제 그만 귀염둥이 실업자와 헤어져 카페에서 만큼은 피 같은 돈을 알차게 쓰며 혼자만의 행복하고 여유로운 시간을 보내고 싶었다.

"그럼 이만…… 저는 '공부'할 게 있어서 카페 가서 '공부'하려고요."

나는 '공부'라는 단어를 강조하며 혼자 있고 싶다는 뜻을 넌지시 내비쳤다.

"그럼 같이 가요. 저는 옆에서 가만히 있을 테니 공부하세요. 오늘 딱히 할 게 없어서 괜찮아요, 히히."

'아니, 그게 아니라 내가 안 괜찮다고…….'

떼어내고 싶은 마음이 굴뚝같았지만 옆에서 가만히 있겠다는 사람에게 차마 따라오지 말라고 말할 수 없었다. 결국 오늘도 함께 카페에 왔다.

귀염둥이 실업자는 가만히 앉아 있기만 할 테니 신경 쓰지 말고 공부하라고 했으나 함께 온 사람을 뻔히 앞에 두고서 내 할 일만을 할 수는 없는 노릇이었다. 더구나 귀염둥이 실업자는 내 앞에 앉아 두 눈을 동그랗게 뜨고서 허공을 응시할 뿐, 마치 동상처럼 말 그대로 가만히 있었다. 너무도 불편했다.

"어떻게 직장은 구해보고 있나요?"

일찌감치 책 읽는 일을 포기하고서 정말 가만히 있던 귀염둥이 실업자에게 물었다.

"아니요. 사실 최근에 멋진 생각이 떠올라서, 히히."

귀염둥이 실업자는 마치 내가 묻기를 기다리기도 했다는 듯 환하게 웃으며 말했다.

"멋진 생각이오? 뭔데요?"

"요즘 유튜브가 대세잖아요. 그래서 이번에 번 돈으로 싸게 여행할 수 있는 동남아로 여행 가서 유튜브를 한번 시작해보려고요. 여행 콘텐츠가 대박이잖아요. 책도 여행 책이 잘 팔리고. 여행과 관련된 거라면 뭐든 다 잘되는 것 같아요, 히히."

내가 처음 낸 책이 여행에 관한 것이었다. 잘되는 사람만 보여서 그렇지, 나처럼 잘 안되는 사람도 있다. 하지만 의욕적으로 새로운 일을 시작하려는 사람에게 나처럼 실패한 사람의 예를 들려주며 시작도 하기 전에 힘 빠지게 하고 싶지 않았다. 그런 이유로 나는 귀염둥이 실업자의 이야기를 빙긋이 웃으며 듣고만 있었다.

"이럴 줄 알았으면 진작에 영어를 좀 배워둘 걸 그랬어요. 현지 사람들하고 대화가 통하면 그 콘텐츠는 정말 백 프로 성공인데……."

귀염둥이 실업자가 기대에 부푼 목소리로 말했다. 하지만 그런 여행책을 쓴 나로서는 백 프로 성공이라는 말에 결코 동의할 수 없었다.

"혹시 영어 잘하세요?"

귀염둥이 실업자가 물었다.

"뭐, 외국 사람과 이야기할 때 크게 불편을 느끼지 않을 정도는 해요."

"우와, 외국인하고 영어로 이야기할 수 있다고요? 그러면 저 영어 공부 하게 교재 좀 추천해주실 수 있나요?"

우리는 자리에서 일어나 근처 중고 서점으로 향했다.

나는 귀염둥이 실업자에게 초보자가 쉽고 편안하게 공부할 수 있는 얇고 가벼운 책을 골라 권했다. 그리고 이 책을 어떻게 공부하면 좋을지, 또 이 책을 끝내고 나면 다음 영어 공부는 어떻게 하면 좋을지 장기적인 계획도 함께 알려주었다.

"우와, 정말 감사해요. 저도 이제 영어 잘할 수 있을 것 같아요. 앞으로 열심히 공부해보려고요."

귀염둥이 실업자가 의욕 넘치는 눈빛으로 말했다.

"제가 옆에서 도와줄 테니까 이번 기회에 열심히 한번 해봐요. 파이팅!"

귀염둥이 실업자의 의욕 넘치는 눈빛을 보자 내가 다 뿌듯했다.

이틀 뒤, 다시 귀염둥이 실업자를 만났다.

"어때요? 영어 공부는 잘되고 있나요?"

혹시라도 어렵다거나 모르는 게 있다고 하면 나중에 카페에 가서 과외를 해줄 생각이었다.

"아니요. 그날 집으로 돌아가는 버스 안에 깜빡하고 책을 두고 내렸지 뭐예요, 히히."

"그러면 다시 책 사러 가볼까요?"

"아니요. 됐어요. 영어 공부 안 하려고요. 에이, 제가 무슨 영어 공부예요, 히히."

"유튜브는요?"

"에이, 제가 무슨 유튜브예요, 히히."

귀염둥이 실업자는 내가 느낄 실망은 전혀 생각도 하지 않고 뭐가 그리 재밌는지 키득키득 웃으며 말했다.

"오늘 점심은 짬뽕밥 어때요? 히히."

"싫어요. 오늘은 무조건 샌드위치예요!"

채혈 시간이 맞아 근육 히피와도 만났다.

그동안 어떻게 지냈냐고 물어보니 퇴원한 날 집에서 원 없이 햄버거도 시켜 먹고 짬뽕도 시켜 먹고 섹스 파트너를 만나 원 없이 섹스도 즐겼다고 말했다. 그리고 곧 도쿄로 떠날 거라고 했다.

'흠, 도쿄 타워가 보이는 근사한 호텔에서 일본인 섹스 파트너를 만나 실컷 섹스를 즐기겠지.'

두꺼비 총각도 한 번 만났다.

구겨진 티셔츠, 유행이 지나도 한참 지난 색 바랜 청반바지, 종아리까지 끌어 올려 신은 하얀색 양말에 낡은 운동화. 오랜 기간 환자복을 입은 모습만 보다가 바깥세상에서 다른 복장을 한 그를 보니 어색했다.

인사를 해야 하나 말아야 하나 망설여졌다. 병원에서

지내던 한 달 동안 전혀 교류가 없었다. 그래도 한 달간 옆자리에서 함께 지낸 사이인 만큼 무시당할 때 무시당하더라도 일단 인사는 해야겠다는 생각이 들었다.

"안녕하세요?"

당연히 입원 첫날 때처럼 내 인사를 무시할 것이라 생각했던 두꺼비 총각은 순간 몸을 움츠리며 작은 목소리로 "네, 안녕하세요?" 하고 답했다. 병원 안에서 보이던 그 당당하던 기세는 사라지고 없었다. 마치 다른 사람이 된 것만 같았다. 채혈할 때도 간호사에게 존댓말을 하며 공손하게 대했다.

두꺼비 총각은 채혈을 마치자마자 도망치듯 서둘러 병원을 떠났다. 그 뒤로는 채혈 시간이 겹치지 않아 두 번 다시 보지 못했다.

공시생은 한 번도 만나지 못했다.

병원에 오는 마지막 날에는 마지막으로 인사라도 나누고 싶다고 생각했기에 못내 아쉬웠다. 비록 만나진 못했으나 병원을 나서며 공시생이 꼭 공무원 시험에 합격하기를 마음속으로 기도했다. 아니, 공시생뿐만 아니라 모두에게 좋은 날이 오길 바랐다.

고치에서 깨어나 나비가 되어 훨훨 날아오르길!

마지막 채혈을 마치고 병원 건물 밖을 나오니 우거진 녹음 사이로 매미가 시끄럽게 울었다. 무척이나 무더운 날이었다.

계절은 어느새 한여름을 지나고 있었다.

저는 악인이었습니다. 불의에 맞서 싸우다 억울한 일로 피해를 입게 되었으니 사람들이, 나아가 이 사회가 저를 도와야 한다고 생각했습니다. 세상을 향해 불평하고 신세를 한탄하며 누군가 나를 도와주기만을 바랄 뿐, 어려운 상황에서 벗어나기 위한 노력은 하지 않고 그저 포기한 마음으로 지냈습니다. 물론 저를 돕고자 하는 사람도 있었습니다. 하지만 망가진 저는 그런 도움을 당연시 여기는 것도 모자라 겨우 이것뿐인 거냐, 좀 더 도와줘야 하지 않겠냐며 사람들로부터 받은 도움과 친절에 고마워할 줄 모르고 이기적으로 행동했습니다. 힘 있는 사람만이 악인이 되는 게 아니었습니다. 자신을 약자로 여기는 나약한 마음을 지닌 사람 역시 악인이 될 수 있었습니다. 저는 그중 추한 쪽의 악인이었습니다.

하지만 임상 시험을 다녀온 후, 저는 생각을 고칠 수 있었습니다. 사회에는 나보다 더 힘든 사람이 많은데 그들을 돕지는 못할망정 저까지 도움을 바라서는 안 된다고 생각했습니다. 내가 처한 어려움은 스스로 해결해야 한다고 결심하자 그동안 보이지 않던 길이 보이기 시작했습니다.

혹시라도 제 말에 오해가 없었으면 합니다. 저는 남의 도움을 받지 않고도 모든 걸 혼자 해낼 수 있다고 말하려는 게 아닙니다. 자신이 삶의 주체가 되어야 비로소 사람들로부터 받은 도움과 친절을 감사히 여길 줄 알고 예의와 염치를 아는 사람이 될 수 있다고 말하려는 것입니다. 혼자서 해낼 수 있는 일은 세상에 없습니다. 성공이란 것도 혼자서 이룰 수 있는 일이 아니며, 고난도 혼자서는 헤쳐 나갈 수 없습니다. 그렇기에 성공한 사람은 사회로부터 받은 도움을 잊어서는 안 되며, 우리 사회는 고난을 겪고 있는 사람을 잊어서는 안 되는 것입니다.

『때론 버텨야만 하는 날들이 있다』역시 고마운 분들의 응원과 도움이 없었더라면 나오지 못했을 겁니다.

이 책이 버텨야만 하는 날들을 견디며 살아가는 분들께 작은 응원과 위로가 될 수 있으면 좋겠습니다.

정태현

도움 주신 분들

한국문화예술위원회	오지혜
류승현	김병욱
김대훈	이슬기
강경민	허소영
김준희	단디클
박선영	김수현
최용혁	김완준
김대환	안태관
Tan	장부환
황서윤	Ashley Dawe
이성빈	Harley Petter-Dawe
이규성	Jenna and Mason Dawe
임형균	Lisa and Tim Reiley
김다연	Theresa and Truman Reiley
가을	Colton Reiley
전준수	Justin and Jenn Lewis
권순학	Mary Johnson
이형욱	Marguerita Johnson
김승규	Amanda Sheffield
고용기	Thomas Layton
이승준	Mathieu Lebrun
김정욱	Becky Elliott
민병휘	Michal Podlesak
이동준	David Molada Ruiz
이자명	矯雅姝
정의헌	于满

때론
버텨야만 하는
날들이 있다

초판 1쇄 발행일 2023년 12월 20일

지은이 정태현
편집 박문수
디자인 여YEO디자인
펴낸곳 미래책들
펴낸이 정태현

출판등록 제2023-000016호
전자우편 miraebookskor@naver.com
인스타그램 @miraebooks

ⓒ정태현, 2023
ISBN 979-11-982824-1-5 03810